NÂO VOU CONSEGUIR DORMIR ESSA NOITE

CYRANO MODERNO

(Reflexos e reflexões)

Vinícius se olha no espelho. Está trancado no banheiro. Não
encontra lugar para ficar. Seus olhos inchados de mágoa e
seu rosto pálido. É madrugada. Mais uma noite que não
consegue dormir. Sente um peso absurdo em suas costas.
Sofreu mais uma rejeição. A bela Luana. Sempre tão
simpática. "Por que eu sempre espero dos outros um
comportamento parecido com o meu? Acho que eu confundo
as coisas. Os meus olhos não vêm sequer o que está a minha
frente. Entre formas e desenhos, entre gritos e suspiros,
entre o claro e o escuro o que ouço é distorção e o que vejo
é inadequação. Os meus sentidos sempre me traem. Não sei
dosar amor, mas até agora consegui conter a raiva e a
tristeza. Às vezes sinto que sou forte, exatamente porque
consigo me isolar. Não quero e nem posso causar mal a
ninguém. Sou do bem. Imagino um mundo onde as pessoas
sejam educadas e tenham empatia e respeito por tudo o
que vive... Mas parece que é querer muito. Vou sobrevivendo
a cada dia. Às vezes eu quero chorar, mas ouço uma canção,
e esqueço. Outras vezes quero reagir. Fazer alguma
loucura. Chamar à atenção para o óbvio. Queria gritar para
o mundo. Sempre ouço que viver tem que valer, ou pior, que
a vida é bela. No entanto, percebo que são apenas frases. O
que se diz nunca corresponde ao que " é ". Posso ser fiel,
honesto, dedicado e correto com alguém e não receber
nada disso em troca. Posso evitar um conflito na minha sala

de aula, mas não naquele bar, naquela esquina ou naquela repartição pública. Parece ser a ordem natural das coisas. Não existe amar e ser amado na mesma intensidade. Aliás, o fato de amar por si só, nada significa. Sei que trago amor em mim. Sinto pureza e sinceridade nos meus atos e na minha fala... Por que isso não basta para Luana? Será que fui eu que fiz confusão? Será que Luana é apenas uma colega de classe tão desajeitada quanto eu? Por que a gente confunde tudo? Queria tanto entender, mas é inútil. Pensar está me deixando louco. Calar está me matando. Estou adoecendo. Repito essa frase para o meu psicanalista. Faço sessões três vezes na semana. Ninguém pode dizer que não tentei. Esse banheiro tem sido o meu santuário nos últimos dias. "

Vinícius começa a chorar compulsivamente. Não há o que fazer. Ele não pode ligar para Luana. Ela deixou bem claro que nunca ficaria com ele. Disse que ele era feio. Então ele se recorda das palavras de seus pais:" é normal se sentir assim na sua idade! " ou " quando se sentir assim pode falar comigo sou sua mãe. " A pior delas:" eu TAMBÉM já passei por isso!!!!"

Será que eu sou muito crítico? O que acontece com as pessoas? Quem fala algo que sente de verdade? Palavras são SÓ palavras. Qualquer um pode dizer qualquer coisa! Lembro de uma frase que li: " Qualquer pessoa pode dizer qualquer coisa sobre outra que eventualmente irá acertar em algum momento." Algo assim... Faz todo sentido. Mas toda regra tem exceção, eu sei. Sinto que não pertenço a nenhum lugar, que não há lugar para mim. Realmente não sei o que tento provar.

Olho para o espelho e não sinto empatia pela minha imagem. Sou estranho. Sempre achei o meu rosto esquisito. Parece desproporcional. O meu perfil é irregular. Já fui a alguns médicos para ver a possibilidade de operar o nariz, mas todos disseram que é uma cirurgia complicada. Que é melhor esperar para fazer mais tarde. Já conversei com os meus pais que queria fazer a cirurgia para corrigir o septo e depois uma cirurgia plástica. Eles disseram que não há nada de errado com o meu rosto e que beleza é um conceito subjetivo... Quase que citei a frase polêmica do ídolo da minha mãe:" as feias que me desculpem, mas beleza é fundamental."

Percebi que não adiantaria muito falar com os meus pais porque uma vez que expõem seus pensamentos, dificilmente reconsideram suas opiniões.

Conheci Luana na escola. Pretendo fazer graduação em música. Desde pequeno toco piano. Aprecio música clássica. Luana toca violino. No primeiro dia de aula, nosso professor pediu para os alunos novos se apresentarem. Luana mora em Copa. Tem duas irmãs. Ela é Paulista. Veio com a família para o Rio porque sua avó materna teve um derrame, uns cinco meses depois que perdeu o marido. A mãe de Luana já estava um pouco desgastada de morar em São Paulo. Ela era carioca, sempre morou na zona sul do Rio. Seu marido Thales trabalhava em uma firma de exportação de objetos de couro e depois que nasceu sua terceira filha, resolveu abrir um negócio próprio e se mudou com a família para São Paulo, onde faria uma sociedade com seu irmão mais velho, que também trabalhava no mesmo ramo. Seu irmão tinha sido demitido e usaria o dinheiro que recebeu de verbas de rescisão para investir no negócio da família: um restaurante cuja especialidade era massas. A mãe de Luana também trabalhava no restaurante e embora tenha sido um pouco difícil a adaptação em um primeiro momento, pois como sabemos, há vários Brazis em um só Brasil, e cada Estado parece ser um outro País. A família se adaptou relativamente bem.

Luana era a mais velha, tinha dezesseis anos. Tinha um irmão de treze chamado Lucas e uma irmã caçula de cinco anos, chamada Lígia.

Vinícius era um aluno exemplar. Tirava boas notas. No entanto ao voltar para o Brasil, teve problemas de adaptação a escola. Mesmo estudando na Escola Americana em Botafogo, se sentia um pouco constrangido porque aos dezesseis anos, parecia um ET de uma galáxia distante. Ele sempre tirava notas boas. Nunca teve problema em relação aos estudos. Inicialmente se voluntariava para fazer qualquer atividade, principalmente as ligadas às aulas de arte.

Embora seus colegas de turma percebessem que ele era inteligente, achavam que ele era o típico Nerd e não se aproximavam dele. Apenas Luana que chegou na escola em abril. Perdeu os primeiros meses de aula, mas Vinícius a ajudou a se atualizar. Depois de muito relutar, Vinícius aceitou fazer uma chamada de câmera com Luana. Eles conversaram por mais de uma hora. Talvez aí esteja o motivo da confusão. Vinícius aventurou falar com sua mãe, que sempre perguntava a respeito de garotas. Vinícius dizia que ninguém parecia ser remotamente interessante para interagir. Ao que sua mãe respondia que para tudo na vida há o momento certo.

Depois do brutal fora que levou de Luana, Vini, como sua mãe o chamava, caiu em depressão. Faltou as aulas da semana. Aumentou as sessões de psicanálise para todos os dias. A sensação de tristeza o corroía. Era como se tivesse ácido correndo nas veias. Não conseguia comer. Pensou em se matar. O apto dele ficava em uma cobertura de um prédio de 15 andares. Era um dia de inverno. Ele foi para a varanda e imaginou qual deveria ser a sensação de queda livre. Lembrou da atração pelo abismo. Pensou que a sensação de " free falling" (queda livre) deveria ser libertadora. Enquanto estava pensando em se jogar, seu telefone tocou. Era a secretária do seu analista querendo confirmar a sessão daquela tarde. A ligação inesperada o tirou daquele transe. Ele confirmou a consulta. Pegou uma Heineken na geladeira. Seu pai apreciava tomar cerveja. De forma que sempre tinha cerveja na geladeira. Vinícius nunca sentiu vontade de beber. No entanto, as coisas mudam. E como pode ser rápida qualquer mudança...

Não gostou do sabor da cerveja, mas tomou cinco long neck. Se olhou no espelho e não gostou do que viu. Via um monstro desfigurado. Não se sentia humano. Teve um surto. Jogou a cadeira no espelho e o quebrou. Acabou cortando o calcanhar ao pisar em um caco de vidro que penetrou sua pele profundamente. A empregada ao ouvir o estrondo do vidro se estilhaçando, foi ao quarto de Vini e o viu no chão deitado sobre os estilhaços. Ligou imediatamente para a mãe dele, que chegou em menos de trinta minutos. Chamou simultaneamente uma ambulância porque ele desmaiou. Vini foi atendido e o médico demonstrou bastante preocupação com Vini. A questão não era o enorme corte no calcanhar ou os pequenos cortes no corpo e no rosto. O problema era que ele não interagia. Não falava. Não reagia. Ficou dois dias em observação no hospital. Foi consultado por um psiquiatra que prescreveu " serenata" um antidepressivo forte.

A mãe de Vini entrou em contato com o psicanalista e pediu para ele fazer as sessões de seu filho no domicílio. Depois de conversar longamente com o psicanalista, sua mãe chorou. Se sentia exausta. Não pode haver maior dor para uma mãe do que ver seu filho sofrendo. O pai de Vini também estava em um estado lamentável. Não conseguia entender o que poderia estar acontecendo com seu filho.

Vinícius demorou mais de dez dias para se recuperar. Voltou a frequentar a escola, mas só ficava na sala para responder presença. Depois saia da sala e ficava na biblioteca. Luana tentou falar com ele, mas ele não respondeu.

Durante as sessões de terapia, só falava de sua inutilidade. De quão patético ele era aos olhos do mundo. Lamentava o fato de ser avaliado, condenado e julgado pela visão dos outros. Percebia que ninguém tinha uma existência própria. A visão limitada da maioria determina uma relação desigual entre as pessoas. Algo sempre esteve fora de ordem.

Os pais de Vini o vigiavam dia e noite. Tentavam conversar com ele. Mas seus olhos perderam o brilho com o aumento gradativo do uso de remédios de tarja preta.

Vini se sentia totalmente preso. Achava que sua alma não cabia dentro de seu corpo mortal. Percebeu que precisava fazer algo para que os pais o deixassem em paz, e teve a ótima ideia de simular um quadro de melhora. Começou lentamente a se alimentar. Voltou a frequentar a escola e as sessões de psicanálise no consultório. Seu analista ainda estava muito preocupado. Vinícius repetia incessantemente que precisava sumir.

Numa manhã de Sexta-feira, Vini esperou seus pais saírem para o trabalho e tomou meia garrafa de whisky e todos os seus comprimidos de remédios controlados. Teve uma overdose e morreu.

Sua mãe ao chegar em casa, viu o corpo do filho no chão do quarto e desmaiou de tanto desespero. Ele tinha apenas dezessete anos e carregava o mundo em sua cabeça.

AS CHAGAS DO DIABO

 Quando Eric lavou na pia de mármore as próprias mãos ensanguentadas, lembrou-se da triste infância e de sua impiedosa mãe. Recordou-se dos bonitos corpos dos seus colegas de classe, da estrutura física dos gatos, do sol que lhe queimava o corpo nas longínquas tardes de verão, da carne avermelhada dos cachorros; de quase tudo que se apresentava defeituoso, e das pouquíssimas coisas que achava perfeitas. Até o ano de 1980, Eric poderia ser considerado por muitos como um menino normal. No entanto, tornou-se agressivo e profundamente introspectivo a partir do nascimento de seu irmão Abel.

Todos da família voltaram as atenções para seu irmãozinho e Eric notou-se deixado de lado. A negligência com ele era tanta que sua mãe não o levou ao médico quando uma mancha surgira em sua mão direita e começava a espalhar-se pelo braço. Semanas depois, quando ela finalmente percebeu que não era apenas uma mancha, mas sim vários pontos e erupções em diversas partes do corpo, buscou atendimento para ele. Era uma doença pouco conhecida e raríssima. Não havia cura, e a tendência era a expansão das manchas por toda a pele, gradativamente. O médico receitaria uma pomada para aliviar a dor, quando a dor viesse. E ela viria. Nessa época Eric estava com 10 anos de idade. Sofria bullying na escola, não tinha amigos. Passou a usar camisas de mangas compridas, mesmo nos dias mais quentes. Seus pais demonstravam um favoritismo indisfarçável por seu irmão e ele vivia calado e solitário. As manchas cresciam com Eric. Seus colegas de turma não o aceitavam e ele desejava fugir de casa e sumir no mundo. Certa vez, alguns meninos se reuniram, prenderam Eric em uma árvore, tiraram suas roupas e espalharam lama por todo o seu corpo. Quase todos zombavam dele, e os que não demonstravam nojo denotavam desprezo. Aos doze anos tinha os braços tomados pela doença, as feridas da nuca e do peito ardiam, principalmente no calor. Sua mãe estava afundada em uma depressão, pois seu marido havia saído de casa; mantinha-se prostada negligenciando sua vida e as vidas dos filhos. Em determinada ocasião os adolescentes da escola apedrejaram Eric numa esquina próxima ao parque. Aqui começa a história de sua real transformação. Dirigiu-se à casa de um dos meninos que mais o importunava, e pegou o gato do garoto, que roncava no parapeito da janela. Carregou-o até sua casa e liquidou com ele. Arrancou a pele do gato e nela desenhou manchas. Dias depois escolheu um cachorro, mascote de um outro colega e usou o mesmo ritual. Eric matou centenas de animais durante anos. Tirou suas vísceras, arrancou seus corações, introduziu álcool em suas gargantas, vazou seus olhos, pisoteou suas cabeças. Para ele, os miados, os ganidos, eram sons de violino. Num dia de verão escaldante conhecido como o Inferno de 87, ao sair da escola ele viu um cartaz, anunciando a chegada de um circo à cidade, o Grande Circo Tábata. Dentre as atrações havia um mágico chamado Mestre das luzes. Eric gostou da ideia de ir ao circo no fim de semana, pois o ilusionismo o fascinava. Ficou deslumbrado com o show do mágico, com suas roupas coloridas e sua máscara, que tornava sua figura mais enigmática. No dia seguinte, foi ao circo para ver os artistas de perto. Aos 17 anos ficou impressionado com a aparência comum dos artistas, pareciam pessoas totalmente diferentes das que ele conhecia, pois notadamente respeitavam as diferenças, dos mirrados aos gigantes, dos esqueléticos aos pantufos. Não reconheceu o Mestre das luzes. Foi difícil saber qual daquelas pessoas seria o homem misterioso que fazia truques impressionantes. Para sua surpresa, descobriu que o mágico era na realidade uma mulher. Seu nome era Tábata, filha do dono do circo. Ela possuía uma deformação no rosto, em virtude de um acidente que sofrera quando adolescente. Como não conseguia esconder aquela deformidade, usava uma máscara e assumira uma identidade masculina. Eric ficou fascinado e pediu para trabalhar com ela, sem receber um centavo até que aprendesse um pouco do ofício. Contou sua triste história, e Tábata, comovida, consentiu. Tornou-se um pupilo dedicado, demonstrando talento e responsabilidade. A identificação entre os dois foi instantânea. Ele desejava tornar-se independente, e aquela era sua grande oportunidade. O circo ficaria um mês em cada cidade. Eric completaria 18 anos no mês seguinte e não precisaria do consentimento dos pais para seguir viagem com o circo. Assim procedeu. Depois de fazer shows em diversas cidades do interior de São Paulo durante meses, partiram para o Rio de Janeiro. Ele simplesmente sumiu da sua cidade sem deixar vestígios. E como supôs, ninguém sentiu sua falta. Os shows eram perfeitos, Mestre das luzes e Senhor da escuridão. Na primeira cidade carioca, uma jovem chamada Vanessa apaixonou-se por ele. Foi a todos os shows daquele mês. Eric nunca conversava com ela sem estar devidamente maquiado e vestido com seu elegante e colorido terno brilhante. Um dia saíram juntos e houve o primeiro beijo. Eric sentiu-se alucinado, inebriado, ela lembrava vagamente o rosto de sua mãe, que aliás nunca mais vira. Vanessa, nos encontros posteriores, tentava uma aproximação mais íntima, mas ele se esquivava. Curiosa, um pouco enciumada, ela despediu-se, porém permaneceu nos arredores do circo, esgueirando-se até a tenda do rapaz. Ouviu o barulho da água fria caindo do cano do chuveiro, e na ponta dos pés, entrou no banheiro. Ao descobrir-se exposto, vendo o olhar espantado de Vanessa, ele cobriu-se rapidamente com uma toalha que pouco escondia das suas chagas. Furioso, expulsou-a dali, aos gritos. Sentiu-se humilhado, desrespeitado. Esse acontecimento agiu como um estopim aceso em um barril de pólvora. Eric começou a vigiá-la para descobrir sua rotina. Em uma noite fria, simplesmente a capturou e estrangulou-a. Sentiu tanto prazer ao matá-la que teve uma potente ereção e masturbou-se até ejacular. Lembrou-se de Vanessa chorando, o som dos violinos, ela implorando, e por fim zangando-se e dizendo que sentia nojo por ter beijado alguém tão nojento, e que tinha vergonha de si mesma. Então decidiu arrancar os olhos dela, já que ela o vira sem disfarces. Levou-a para um quarto onde os artistas guardavam os equipamentos usados nos shows. Era um depósito, e Eric tinha a chave. Arrancou os olhos de Vanessa com um canivete e os guardou em um vidrinho sujo. Teve outra ereção ao olhar para o corpo ainda morno de Vanessa e resolveu possuí-la, à sua maneira. Usou um martelo. Teve a ideia de retirar a pele do rosto da jovem e ao fazê-lo pensou em sua própria mãe. Faria muita sujeira naquele quartinho, decidiu pegar dois serrotes e levar Vanessa para o escuro matagal nas proximidades. Ele era um rapaz forte. Esquartejou o corpo e colocou os membros em sacos plásticos. Conseguiu livra-se dos pedaços com tranquilidade, no silêncio da madrugada. Naquela noite determinou-se a matar todas as meninas que tentassem algum envolvimento sexual com ele. Iria confeccionar uma outra pele para cobrir a sua. Uma pele clara e sem deformações, perfeita. Já vira filmes sobre isso, e ao contrário dos personagens das telas, ele não seria descoberto e tampouco chamado de louco. Achou surpreendentemente fácil se livrar do corpo de Vanessa, assim como dos corpos de suas futuras vítimas. Ele não deixava vestígios. Era muito hábil em desviar a atenção. Não matava em períodos regulares. A polícia estava perplexa. Eric foi ganhando segurança e aprimorando seus métodos. Matava serenamente. Sem pressa. Sem culpa. Tornou-se destemido e mais perverso. Quando Eric reparou que Tábata começara a fazer ilações perigosas, simplesmente decidiu matá-la por afogamento em um rio próximo ao lugar onde o circo fora armado. A imprensa noticiou a morte como um trágico acidente. Passou a trabalhar sozinho, consolando o pai da moça, assumindo o lugar da amada filha no circo; pois era um excelente mágico e totalmente habituado ao seu trabalho. Em cada cidade que chegava era entrevistado; tornou-se a voz e a imagem do circo. Foi agraciado com dois prêmios por sua performance mágica em 1999 quando já havia matado oito mulheres. Virou uma celebridade. Tinha dinheiro, fama e tempo. Sua segunda pele estava quase pronta, mas faltava algo. E ele buscava a perfeição. Então matava mais uma. A cada dia, mês, ano, mais se obcecava em sua busca pelo traje macabro. Esperava a hora em que poderia usar a sua confecção e assim mostrar-se ao mundo como realmente era. Lindo, perfeito, iluminado. Eric tinha um bom álibi, trabalhar em um circo o ajudava a manter sua identidade e personalidade ocultas. Semana passada, após comemorar seu aniversário de sessenta anos durante uma live em uma rede social, onde o ponto máximo do show, mais do que os fantásticos truques de ilusionismo, foi o marcante momento em que beija uma amarelada foto de, segundo ele, sua amada e saudosa mãe, Eric, o Senhor da escuridão, matou a sua vigésima nona vítima; uma jovem prostituta, pensando que esta seria a última. Arrancou a pele fina do rosto da mulher e sentou-se numa banqueta metálica. Colocou a máscara ensanguentada em sua própria face enrugada. Suspirou, pois sentia-se exausto. Ainda faltava algo, pensou; e buscava a perfeição.

DESTINOS TRAÇADOS

Vários sábios se aventuraram a falar sobre o tempo. Os pensamentos, os sentimentos, os mistérios da vida. As incríveis coincidências de enredo que acontecem nas mais diversas relações. Alguns até tentaram nos deixar lições, fórmulas, Ideias de como enfrentar as dificuldades da vida. Mas ninguém teve sucesso, uma vez que não adianta tentar prevenir o sofrimento dos que amamos através de conselhos. Parece que o comportamento e as atitudes são a forma mais eficaz de se passar adiante alguma lição. No entanto, se o comportamento for censurável, parece que a apreensão é imediata e totalmente eficaz! As situações que sempre se repetem. Paixões impossíveis, rebeldia, conflito de gerações, medos irracionais, e o maior mistério de todos: Porque as pessoas não conseguem agir de forma racional quando estão ilusoriamente " apaixonadas"? Com Bruna, não seria diferente. Era só mais uma menina, nascida na zona norte do Rio de Janeiro, em 1986. Bruna nasceu de sete meses. Ela foi prematura. A primeira filha de uma adolescente, que engravidou de um colega de turma. Contrariando todos os avisos de sua avó, com quem morava. Ela nunca teve muito contato com os pais. Em um primeiro momento, o seu pai, que tinha apenas 17 anos quando ela nasceu, até tentou manter a calma e jurar amor eterno. Mas ao perceber a barriga de Bruna crescendo, deu um jeito de viajar para outro Estado, sem se despedir ou deixar endereço. Sua imaturidade não permitiu que ele levasse a sério a paternidade. A situação era exatamente como se sua mãe de 16 anos e Márcio, seu pai, estivessem vivendo os capítulos de uma minissérie ou de um filme. A arte não imita ou reproduz apenas o delicado da vida ou as insanidades de mentes doentias. Retrata fielmente a estória cotidiana de jovens comuns, como Bruna Alice e Marcos Vinícius, dois jovens que como tantos outros que achavam entediante ir para a escola, estudar. Não ter liberdade de escolher nada, nem as próprias roupas. Era o avô de Bruna que se encarregava de comprar tudo para casa. Ele comprava até as roupas da esposa, que era tratada como empregada, sem nenhuma afeição. As refeições nos finais de semana eram feitas na sala de jantar. Sempre com os três membros da família em silêncio. Dificilmente conversavam. Bruna notava que os ponteiros do relógio de madeira, na parede, pareciam não se mover. A questão do tempo a deixava ansiosa. Achava que não se divertia. Se achava diferente de todas as meninas da sua turma...

Definitivamente, era a menor, mais baixinha...

Quando tentou falar com sua avó, apenas ouviu que era do tipo "mignon" porque era mais delicada. Que bastava apenas que ignorasse quando as amigas a chamassem de "tampinha" porque faziam isso por inveja... Na verdade, sua avó não a achava bonita, nem inteligente, nem particularmente atraente. Bruna não se parecia nada com a sua mãe! Sua avó a achava feia. Todavia, tentava mostrar a neta que ela era normal, só um pouco mais baixa que as meninas de sua idade. Bruna e Marcos eram os dois alunos que serviam de chacota para os outros. Marcos era muito obeso e desengonçado. Não conseguia participar das aulas de educação física. Os colegas o chamavam de "rolha de poço". Ele acabou se aproximando de Bruna na hora do recreio. Ele era de outra turma. Então começaram a conversar sobre seus desejos de formarem um grupo formado de pessoas como eles: rejeitadas. A empatia entre eles era tão genuína que quando estavam juntos se sentiam confiantes e motivados. Eles conseguiram fazer amizade com alguns alunos da turma de Bruna. Eram um grupo bem peculiar de adolescentes particularmente "desajeitados". Todos os membros eram estranhos e problemáticos e sofriam bullying por causa da aparência. Eram cinco jovens que matavam aula para ficar fumando maconha e bebendo vodca com energético, em uma rua sem saída perto da escola. Milena cabeleira, que tinha os cabelos tão crespos e cheios que não dava para pentear. Ronaldinho quatro olhos, que era totalmente míope, Kátia baleia adormecida, super obesa e Juca perneta.

Bruna e CIA eram jovens que queriam conhecer o " desconhecido" e levar ao nível extremo suas experiências e sensações.

Nada de novo.

O que muda é o fim dessa estória

E fica a dúvida quanto ao que poderia ter ocasionado final tão dramático...

Mas a humilde opinião dessa que vos narra esse conto, é de que nada que acontece é totalmente em vão.

No caso de Bruna, ela era criada por seus avós, como se fora filha e não neta. De forma que não falavam com ela sobre os pais ou sobre a vida. Só diziam o básico: que ela precisava estudar para ser alguém na vida." A única preocupação que tinham era fazer com que Bruna fosse uma menina educada e obediente. Eles não demonstravam afeição ou qualquer sentimento especial por ela. Eram indiferentes. Seus avós conviviam com total distanciamento. Seu avô era militar e sua avó apenas cuidava da casa. Mas eram relativamente jovens, com ideias retrógradas... Não tinham grandes planos, não interagiam entre si, a rotina na casa era sempre a mesma. Sua avó teve apenas uma filha, sonhou com um casamento e segurança para ela. Nada de particularmente diferente das mães daquela época. Um sonho simples, que não aconteceu porque Clarice sonhava em ser artista, cantora de rock. Queria viajar pelo mundo, e assim que teve Bruna, Fugiu para São Paulo com Márcio. Depois de alguns meses viajando juntos em condições precárias, começaram a discutir por tudo. Márcio simplesmente sumiu sem deixar vestígios. Estavam em um albergue, em um quarto coletivo. Márcio disse que ia comprar algumas coisas para eles venderem como ambulantes com o pouco dinheiro que tinha. De forma que Clarice não estranhou o fato dele sair de mochila. Só que ele não voltou mais. Foi para a rodoviária, pegou um ônibus para Curitiba. Tinha primos que moravam no interior. Estava decidido a procurá-los. Deixou Clarice à própria sorte. Clarice tentou sem êxito, fazer shows, se juntou a artistas e músicos da cidade, que cantavam em bares e restaurantes. No entanto lhe faltava talento. Acabou tendo que trabalhar como garçonete para garantir seu sustento. Nunca pensou em sua filha. Nunca sentiu saudades ou vontade de rever os pais. Sua vida seguiu. Só mais uma jovem frustrada. Quando Bruna percebeu que sua menstruação estava atrasada, ficou em pânico. Perguntou para Milena Cabeleira, uma de suas amigas de noitadas como saber o que estava acontecendo. E o conselho foi comprar um teste de gravidez, de farmácia. Seguiu o conselho. Percebeu que seu corpo estava mudando. Seus seios estavam inchados. Ela não conseguia comer. Sentia náuseas e vomitava, e sua avó nada percebia. Acreditava que Bruna ia de manhã para a escola e que às vezes dormia na casa de uma amiga, porque precisava estudar para provas mais difíceis. Bruna era boa aluna. Nunca teve problemas na escola. Seu avô era mais radical. Autoritário. Dava medo. Ela nem conseguia olhar nos olhos dele quando ele falava com ela... Mas para a avó, Bruna era uma boa menina, no sentido de que não discutia. Aceitava sua rotina e cumpria suas funções na rotina da casa. Ela tinha tanto medo de sofrer punições que nem tentava argumentar quando lhe chamavam à atenção. Se fizesse algo errado ou quando recebia um " não lacônico "da avó. Apenas se trancava em seu quarto e ouvia música, usando fones de ouvido. Quando pedia algo diferente para sua avó, a única resposta que ouvia era: "seu avô não vai deixar! Nem adianta pedir..."

De forma que ela nem se aventurava a tentar dialogar com a avó, muito menos com o seu severo avô. Ao fazer o teste de farmácia, soube que estava grávida, mas não quis acreditar. Procurou a mesma amiga e pediu conselhos. Milena disse que ela teria que decidir o que fazer. O aborto seria uma opção. Mas Bruna tinha medo. Não tinha dinheiro. Sabia que era algo ilegal. Parou de comer por sentir náuseas em função de estar em estado de pânico com sua nova e inesperada condição de adolescente grávida. Ela só ficava em seu quarto. Marcou um encontro com Marcos. Ela achava que ele era um bom rapaz. Ele foi paciente com ela. Foi difícil ter a primeira relação sexual. Ele só tinha ficado com uma mulher antes dela que era mais velha e tinha mais experiência do que ele. Os dois eram muito tímidos e imaturos. Tinham a dificuldade comum dos jovens que não têm experiência sexual e a ansiedade pela primeira penetração. Dessa maneira logo desistiram de tentar usar camisinha e lubrificante. Foram cinco encontros. Cinco tentativas, antes de conseguirem efetivamente concretizar o ato. Bruna reclamava que sentia dor. Tinha receio que Marcos desistisse dela. Marcos não era muito desajeitado. Tinha vergonha do próprio corpo. Seu órgão era minúsculo e ainda assim ele estava tendo dificuldade de penetrá-la. Tinha receio de machucá-la de alguma forma Bruna se sentia inferior as suas amigas que falavam que transar era bom. Muito bom. Até que Marcos aproveitou que seus pais viajaram em um fim de semana prolongado, e levou Bruna para sua casa. Em dois dias beberam e fumaram maconha, ouviram rock, se juntaram aos colegas do grupo dos desajeitados e festejaram a liberdade de estarem sós e totalmente á vontade para realizarem seus desejos e vontades. Sem pressa. Sem stress. Bruna disse para a avó que ia viajar com uma amiga. Pediu a sua colega para falar com sua avó. O que foi feito de forma convincente. Inclusive sua amiga pediu para um casal de conhecidos ir com ela, de carro, na casa de Bruna, fingindo que eram uma família. Enfim, agora Bruna estava grávida e Marcos simplesmente sumiu...Trancada em seu quarto, Bruna teve uma ideia absurda, pegou um cabide e tentou fazer um aborto em si mesma. Introduziu o objeto com força na vagina. Ela acreditava que romperia a placenta e o feto seria expelido. Vã ilusão... Ficou com hemorragia. Os lençóis encharcados de sangue. Sua avó batendo na porta. Era hora do jantar. Ela reuniu suas forças para gritar que não estava com fome. Nos últimos dias não conseguia comer. Tentava se isolar em seu quarto. Tinha receio que seus avós pudessem perceber qualquer mudança no seu corpo. Era no mínimo estranho não comer e engordar! Seus pensamentos a sufocavam. Imaginava seus avós gritando com ela. Seu coração parecia querer saltar do peito. Ela não tinha ninguém para conversar. Milena Cabeleira estava desconfiada, ligou para Bruna e até foi um dia em sua casa, mas não conseguiu falar com ela.

Bruna foi até o banheiro. Seu quarto era suíte. Estava suando e com sensação de desmaio. Recolheu a roupa de cama que ficou com manchas de sangue e as escondeu temporariamente dentro de seu armário. Estava muito fraca. Estava sentindo muita dor. Muiiiiiiita. Conseguiu tomar um banho e se assustou com a quantidade de sangue que jorrava de sua vulva e tingia os azulejos do chão do box de vermelho. Não teve forças para forrar a cama com lençóis limpos. Se enxugou muito mal e se jogou na cama. Ficou deitada. Achava que poderia recobrar suas forças, mas estava piorando. Se sentindo cada vez mais fraca. Desmaiou. Acordou três horas mais tarde com seus avós no seu quarto, desesperados porque ela estava com febre alta. Chamaram uma ambulância, mas Bruna não resistiu. Morreu em cinco dias com infecção generalizada. Seus últimos pensamentos foram com relação às péssimas escolhas que fez. Percebia que não deveria ter desistido de tentar dialogar com a sua avó ou com o avô. Pensou que deveria ter demonstrado amor e gratidão. Que se não fosse tão insegura, talvez conseguisse se aproximar dos avós e despertar o amor deles. No entanto, agora era tarde. A última coisa que viu foi sua avó ao lado de sua cama. Segurou sua mão, mas estava muito fraca e não conseguia falar. Bruna se foi. Morreu aos dezessete anos.

O que percebemos nessa triste estória?

Que o desamor e a falta de comunicação eficaz podem ocasionar danos irreversíveis.

Em algum lugar,

Clarice e Márcio simplesmente seguiram suas vidas.

Sem culpa alguma, se lançaram a própria sorte. Conseguiram se adaptar às exigências do mundo, pois eram funcionais. Trabalhavam e se mantinham. Mesmo que em condições muito precárias. Eles nunca pensaram em Bruna como filhos. Nem sentiram falta de seus pais. Conseguiram sumir, sem deixar vestígios. Os únicos que sofreram um pouco nessa estória, foram os avós de Bruna. Não por amor a neta, mas pela vergonha de aparecerem nas páginas dos principais jornais daquela cidade. Lamentaram não ter feito bom uso do tempo que tinham e perceberam que nunca chegaram a conhecer bem a filha e nem a neta. Eram narcisistas e só se preocupavam em manter a imagem. Achavam que cuidavam da neta da melhor forma possível, embora só se dignassem a cuidar de suas necessidades básicas tipo alimentação, saúde e educação.

Bruna teve uma vida breve e vazia. Curiosamente, Marcos voltou ao Rio oito meses depois, foi a casa de Bruna, mas seus avós tinham se mudado. Ficou sabendo de tudo o que aconteceu, e ficou de certa forma aliviado por nunca ter revelado a seus pais o verdadeiro motivo de sua fuga. Seu pecado continuaria oculto. Sentiu tristeza e remorso. Chorou.

A vida seguiu e o tempo não parou, porque o tempo não perdoa ninguém. Alguns morrem sem perceber isso. Só algumas pessoas realmente envelhecem com dignidade.

Infelizmente Bruna não teve o mesmo destino, não chegou a envelhecer.

A SERPENTE VERMELHA

E lá estava Âmbar. Deitada no chão da cozinha, em cima de grãos de arroz com uma garrafa de cachaça que escondia de seu pai no recipiente que guardava mantimentos debaixo do armário. Seu pai era alcoólico. Nenhuma bebida entrava na casa deles. Mas Âmbar mantinha alguma garrafa escondida em potes ou lugares inusitados, para celebrar alguma conquista ou afogar as mágoas depois de alguma frustração. E esse era o caso, no momento. Ficou durante horas na mesma posição. Totalmente embriagada. Ela estava destroçada. Acabara de fazer um aborto forçado. Nunca poderia esperar uma atitude como aquela de Bernardo, seu amante. Seu homem, seu amor. Ele a levou a um médico que disse ser seu amigo. Insistiu muito. Disse que era para fazer exames para saber se eu estava mesmo grávida porque o teste de farmácia não era confiável.

Âmbar sábia que ele era casado, mas por alguma razão achava que ficariam juntos. Sempre. A atração entre os dois era muito intensa. Se combinavam perfeitamente na cama. Achava que poderia se doar inteira, entregar a chave de seu coração e até revelar seus desejos mais íntimos. Sem medo, sem vergonha, sem freios. Cada encontro era pleno desde o dia que se conheceram na estação de trem no subúrbio do Rio. Ele parecia um menino tentando se aproximar. Mas seu jeito másculo, seu corpo enxuto a excitava.

Ela percebeu que ele a observava durante a viagem de trem. Não tirava os olhos dela. Até saltou na mesma estação. Ficou parado perto dela até que ela lhe perguntou se a estava seguindo. Ele falou sorrindo que estava sim. Ante o inusitado da resposta, os dois riram e então ela perguntou por que ele a estava seguindo. Ele disse de uma forma sedutoramente espontânea que apenas queria saber seu nome. Ela disse: Helena Rosa. Ele respondeu (nada criativo): que nome bonito! Combina com você. Ela sorriu e disse que estava mentindo, que seu nome era Âmbar. Ele disse que percebeu que era mentira e que ela aparentemente não sabia mentir. Ela o corrigiu dizendo que detestava mentiras. Que não achava que mentir fosse uma boa justificativa em nenhuma situação. Ele usava o uniforme de funcionário da 1001. Ela perguntou se ele era motorista ou cobrador. Ele disse, visivelmente querendo se mostrar que nenhum dos dois é que tinha uma posição de chefia na empresa. Enquanto isso, Âmbar o olhava com olhos famintos, sem tentar disfarçar o interesse nele. Ela sempre usava um pingente de coração dourado que era muito bonito. Bernardo se aproximou dela e tocou no pingente. Disse que era muito bonito e perguntou se ela guardava alguém especial naquele coração. Ela apenas sorriu. Ele perguntou para onde ela estava indo. Ela disse que pra casa e que morava em Caxias. Bernardo disse que também morava no mesmo bairro e se ofereceu para levá-la pra casa de carro. Disse que tinha um carro vermelho que era de um modelo bem antigo, mas era um conversível bem charmoso e ele fazia sucesso com as mulheres.

Âmbar era muito bonita. Tinha apenas vinte anos. Morava com os pais. Era filha única. Tinha os cabelos ruivos, lisos e muito curtos. Tinha a pele bem clara e a aparência saudável. As faces rosadas. Um corpo escultural. Costumava ouvir as mais diversas cantadas quando andava pelas ruas, mas geralmente sentia nojo de tanta baixaria. Sua beleza chamava a atenção. Mas não era particularmente inteligente ou culta. Só tinha trabalhado uma vez como vendedora em uma loja de roupas íntimas.

Bernardo levou Âmbar para um pequeno apartamento e eles transaram várias vezes naquele dia. Âmbar teve orgasmos múltiplos e Bernardo também ficou extasiado de tanto sexo. Âmbar perguntou se aquele kit era dele e ele respondeu que era de um amigo que deixava as chaves com ele para ele usar quando precisasse. Ela perguntou onde e com quem ele morava então e ele disse que morava com a mãe idosa e adoentada em uma casa. Bernardo aparentava ter quase quarenta anos, então ela tentou ser engraçada e disse que ele era bem " velhinho" para morar com a mãe. Perguntou se ele já tinha sido casado ou se tinha filhos e ele disse que não. Transaram de novo e mais uma vez. A sintonia foi perfeita. A partir daquele primeiro encontro os dois sempre se encontravam naquele mesmo local. A partir do quarto encontro o tesão só aumentava. Era um prazer intenso. Âmbar ficava contando os minutos para encontrar com Benny. Pediu para ele não usar mais camisinha porque queria sentir todo prazer do sexo com ele. Disse que tomava pílula porque ele não queria arriscar. Mas ela insistiu e ele não resistiu. Benny estava sempre muito disposto. A relação era totalmente carnal. Quase não conversavam. Se encontravam para transar até porque, Tereza a esposa de Bernardo já fazia meses que não transava com ele. O casamento estava indo de mal a pior. O relacionamento dos dois era morno e sem qualquer emoção. Os dois tinham uma filha de quatro anos chamada Isadora. Mas Bernardo havia se transformado em um pai ausente. Interagia o mínimo possível. Chegava sempre cansado do trabalho. Nos últimos seis meses Bernardo teve casos com mulheres que conhecia em festas ou pagava para fazer sexo com prostitutas. Seus amigos da empresa de ônibus sempre arranjavam acompanhantes e faziam programas com garotas que pagavam para transar por uma noite.

Bernardo era motorista de ônibus. Suburbano de classe baixa. Mas as mulheres se sentiam atraídas pelo jeito másculo dele. Tinha quarenta e dois anos, e parecia ser um safado interessante. Todas que a viam percebiam que ele tinha cem por cento de chance de não decepcionar na cama. Sua casa era muito modesta. Tereza não trabalhava só cuidava da filha. Parecia mais velha porque era pouco vaidosa. Muito simples e desinteressante. Há mais de seis meses não transava com Bernardo. Não sentia vontade alguma de estar com ele.

Bernardo comentou com Pedro, motorista e amigo. Era o kit dele que Benny usava para levar mulheres, quando foi devolver as chaves, que estava comendo uma delicinha ruiva. Gostosa. Sabe tudo sobre sexo. Me deixa louco. Um " avião ". Pedro logo pediu para Bernardo apresentá-la para ele. Mas Bernardo disse que nunca faria isso porque Pedro era muito "galinha".

Âmbar ligava para Bernardo o tempo todo. Ansiava por encontrar-se com ele. Dizia que adorava vê-lo gozar. Sentir seu "leitinho" jorrar dentro dela e escorrer pelas coxas. Nunca sentira tanto desejo e tanta lascívia. Ela queria fazer tudo com ele. Seu pau se encaixava perfeitamente dentro dela.

Estava ligando desde às quatro da tarde e ele não atendia o telefone. Resolveu ir a rodoviária para ver se o encontrava. Encontrou Pedro no guichê e perguntou se ele conhecia Bernardo. Ele falou que sim e acrescentou que ele teve que sair mais cedo porque a esposa ligou dizendo que a filha dele estava com muita febre. Ao ouvir as palavras " filha" e "esposa" Âmbar achou tratar-se de algum engano e falou para Pedro, acho que você está enganado, estou falando do Bernardo Dantas e perguntou:" Tem mais de um Bernardo nessa empresa?" Você só pode estar enganado!

Pedro respondeu:" é ele mesmo Bernardo Dantas, motorista."

Âmbar estava em choque e disse:" mas ele não é casado nem tem filhos. Mora com a mãe. " e Pedro disse:" É casado sim! E você é mesmo muito bonita e gostosa. Ele me falou de você. Não exagerou em nada!!!!"

Âmbar ficou pálida e com sensação de desmaio não conseguia nem andar direito. Estava difícil se manter de pé. Tentou não demonstrar e se afastar de Pedro que continuava falando. Ouviu que ele estava pedindo o número dela, mas pediu licença e saiu o mais depressa que pode de perto dele. Parou em uma lanchonete para tomar água e se sentar um pouco. Se sentia fraca. Totalmente sem forças.

No dia seguinte Benny ligou para marcar um encontro no kit. Já queria transar no carro. Disse que estava " louco" de tesão e de saudade. Que nenhuma mulher nunca o fez sentir tanto prazer no sexo. Ela não transou com ele no carro. Disse que queria ir para a kit e tomar um drink antes.

Ao chegar no kit, Benny abriu uma cerveja e serviu para os dois. Âmbar não se conteve e perguntou:" por que você não me disse que era casado?" Ele falou:" porque não queria perder você. Eu amo a minha mulher. Nós temos uma filha. " Acrescentou:" se você não quiser mais me encontrar eu aceito e entendo. Mas só penso em você. O tempo todo. Você é tudo que sempre quis." Âmbar perguntou:" você acha que a sua mulher desconfia que você está traindo-a? " Ele disse:" acho que sim porque faz muito tempo que ela não transa comigo. É como se estivesse me punindo." Âmbar sentiu sinceridade nas palavras dele e apenas fez com que ele prometesse que nunca mais mentiria para ela. Ele prometeu:" sem mentiras de agora em diante e já começou a beijá-la e tirar sua blusa. O sexo foi ardente e intenso como sempre. Anal, oral, a tarde toda. A cada encontro aprimoravam mais o uso de fetiches. Se combinavam perfeitamente.

Ao chegar em casa Bernardo disse para a esposa que não queria jantar porque estava se sentindo indisposto e iria direto para cama. Ainda brigou com a filha que estava brincando de jogar bola na sala. Estava bastante irritado! Disse que estava com dor de cabeça que iria tomar uma ducha e se deitar. Ainda disse que agradeceria se não fizessem barulho.

De madrugada o celular de Bernardo tocou e ele não atendeu. Tereza ficou intrigada com a insistência nas chamadas e pediu para Bernardo atender, falou que poderia ser algo urgente, mas ele não atendeu. Disse que deveria ser engano. Ela insistiu para ele olhar a bia. Ele disse que queria dormir e não estava interessado em falar com ninguém. Ela então pediu para ver o celular dele e claro que ele demonstrou -se muito irado. Falou que ela sabia que ele detestava essas desconfianças e" bate boca" de casal. Que eles já tinham combinado de não fuçar no telefone um do outro. Ela levantou da cama e ele falou:" apaga a luz porra! Eu quero e preciso dormir. Vê se deita e para de frescura!" Ela acendeu um cigarro no quarto e Bernardo reclamou. Ela respondeu que perdeu o sono e ia ficar na sala.

No dia seguinte Âmbar já começou a ligar cedo. Queria encontrar de qualquer jeito. Se encontraram e Benny falou que não era para ela ficar ligando para ele. Principalmente de madrugada. Disse que era para ela esperar ele entrar em contato porque ele não queria problema com a esposa. Ela se irritou e perguntou: " Por que já está enjoando de mim? Você acha que é só me comer até se fartar e depois sair fora? acha que sou só mais uma?" Ele respondeu que não era nada disso. Que apenas queria não se indispor com a esposa.

Dois dias ele marcou de encontrar-se com ela, mas não apareceu. Ficou escondido observando -a de longe, no local marcado enquanto ela ligava para ele e ele não atendia às chamadas. Viu quando ela desistiu de esperar e voltou para casa. Não justificou sua ausência e não atendeu o telefone no dia seguinte, uma sexta. Passaram o fim de semana sem se ver. Ela insistia telefonando direto. Na Segunda feira ele marcou com ela. Se encontraram no kit e ela percebeu que ele estava distante. Mas ele falou que estava com muitas preocupações e que a coisa que mais gostaria seria poder viajar por uns três meses de carro, para alguns estados da região norte ou do nordeste e curtir férias sem stress algum. Ela perguntou se ele teria mesmo coragem de passar tanto tempo fora e se poderia ir junto com ele. Bernardo falou que sim. Que adoraria viajar com ela e transaram no carro. Estavam estacionados em uma praia ao entardecer.

Estranhamente na hora do jantar, sua esposa comentou que tinha conhecido uma mulher que se chamava Teresa também, só que o nome dela era com "s". Que a tal mulher estava na praça onde Tereza levava sua filha Isadora para brincar e puxou assunto com ela. Tereza a convidou para tomar um suco porque ela foi muito simpática com Isadora.

Bernardo perguntou já brigando:" como era essa mulher e porque você deixou vir na nossa casa? não sabe que é perigoso receber estranhos em dias como os atuais?" Mas Tereza falou:" acho que ela não era tão estranha porque disse que estudou na mesma escola que eu e que já me viu com você algumas vezes." Então Benny perguntou de novo:" como é essa tal de Teresa???" E ela respondeu:' é uma ruiva novinha e muito bonita."

No mesmo instante Bernardo percebeu o que tinha acontecido e começou a discutir com Tereza. Fez com que ela jurasse que não deixaria mais a tal mulher ir à casa deles de novo.

No dia seguinte marcou com Âmbar no kit e a agrediu. Indagou o que ela estava querendo fazer e porque procurou a mulher dele!" Ela disse que ficou com raiva porque ele não atendia mais o celular quando ela ligava. Ele deu um soco no rosto dela e começou a gritar puxando seus cabelos:" jura que não vai mais procurar a minha esposa senão eu te arrebento." Ela jurou e ele pediu desculpas por tê-la agredido. Ele disse que não podia ficar sem ela porque ela era um como um vício para ele. Então ela aceitou transar, mas pediu pra ele não usar preservativo. Disse que estava tomando pílula e que queria que ele gozasse dentro, que queria sentir seu pau entrando plenamente. Que usar camisinha era ruim demais. Eles então transaram, e de fato foi muito bom para ambos.

Nos encontros seguintes aboliram o uso da camisinha e de fato o sexo ficou melhor. Mas Bernardo começou a se cansar do assédio constante de Âmbar que às vezes ia no trabalho dele e todos já tinham sacado o que estava acontecendo.

Ele então a proibiu de aparecer no trabalho dele e começou a evitar encontrá-la. Enquanto isso, ela estreitava a relação de amizade com a esposa e com a filha dele. Até que um dia apareceu no trabalho dele e disse que precisava falar com ele com urgência. Ele disse que não queria mais encontrar com ela. Queria terminar o relacionamento. Então ela falou bem alto que sua menstruação estava atrasada. Nesse momento ele pegou seu braço com força e a levou até o carro, pois seus colegas de trabalho estavam no guichê, inclusive Pedro que ouviu tudo. Ela falou: "solta o meu braço, você está me machucando.!" Ele falou:' colo pode estar atrasada a sua menstruação? Você não disse que estava tomando pílula?" Ela falou:" sim, mas às vezes falha." Ele falou:" Entra no carro. Vamos conversar." Então ela disse;" agora você quer conversar????" Então abriu a bolsa e mostrou para ele um revólver. Disse:" comprei uma arma para mim." Ele ficou bem nervoso e disse:" Você está doida? Para que você fez isso? " Ela falou:" pra me defender! " Eles já estavam dentro do carro. Ele falou:" se defender de que Âmbar?" PELO AMOR DE DEUS!!!! Você está me assustando." Ela disse:" é muito mais fácil comprar uma arma do que você pode imaginar. Comprei para minha defesa pessoal." Ele falou vou te deixar em casa. Você precisa se acalmar. Depois nos falamos. Você me deixou muito nervoso."

No dia seguinte ele ligou para ela mais de dez vezes, mas ela não atendeu. Então ele foi na casa dela e pediu para ela sair para conversar com ele. Ela aceitou e ele perguntou se ela tinha certeza da gravidez. Ela disse que sim. Ele então disse que ela teria que tirar o bebê porque ele não iria assumir a criança. Ela falou que não ia fazer aborto que queria ter o bebê. Mesmo que para isso tivesse que se separar dele. Ela disse para ele deixá-la em paz então. Só que continuou a visitar a esposa dele e estava cada vez mais amiga dela. Inclusive, na última vez que foi na casa deles levou uma linda boneca de presente para Isadora e ouviu de Tereza que o relacionamento entre ela e Bernardo tinha melhorado muito nos últimos dias. Que eles tinham transado ardentemente na noite anterior e que parecia que o casamento deles estava voltando a ficar interessante.

Âmbar ficou arrasada ao ouvir aquilo. Ficou tão nervosa que sentiu que sua pressão arterial estava oscilando. Quase deixou cair o copo de suco que estava segurando. Mas conseguiu manter as aparências até sair da casa deles.

No dia seguinte, Bernardo foi em sua casa e disse que pensou bastante sobre tida a situação e que queria que seu filho ou filha nascesse saudável e que tinha falado com um médico amigo dele para fazer os exames necessários. Falou que queria levá-la no consultório dele. Ela aceitou. Só que quando o médico disse que ia colher sangue em vez de colher ele aplicou um sedativo e fez um aborto nela. Âmbar ficou muito mal. Muito. Ficou dias trancada em casa sem se alimentar. Foi na casa de Tereza pela manhã e descarregou sua arma em Tereza e Isadora à queima roupa. Depois tocou fogo na casa e nos corpos. Foi presa no mesmo dia. Confessou os crimes e disse que não estava arrependida nada.

ENTRE SEXO, SEGREDOS E OUTRAS DROGAS

Naquele quarto de um motel barato, numa noite qualquer de março de 1985, Giovanna transbordava sensualidade em sua lingerie púrpura.

Era a primeira transa da noite. Sobre seu parceiro, só sabia que era casado. Sua grossa aliança de ouro reluzia sob a luz carmim do abajur sobre o criado mudo. Gi achou curioso que âquele homem de meia idade tivesse a preocupação de retirar a aliança antes da cópula. Pensou:" pecados nunca serão segredos, mesmo que ocultos com todo cuidado."

O homem que via diante de si era interessante, não era bonito, mas tinha uma masculinidade muito sexy. Ele dirigia um Citroën prata, usava terno.

Gi fazia ponto em Copacabana. No entanto, nem a "Princesinha do Mar" tão valorizada e conhecida internacionalmente tinha qualquer atrativo para ela. Tudo era cinza. Desde o grafite das ruas até a fumaça que pairava no ar de tantos cigarros acesos.

Gi já tinha percebido aquele carro nas noites anteriores. Ela era uma pessoa muito atenta a tudo que acontecia à sua volta. Ao ver o carro, pensou: " essa ronda por um mesmo lugar demonstra um comportamento típico de pessoas que estão considerando transgredir, violar ou romper com padrões tidos como aceitáveis pela sociedade. Os indecisos. Aqueles que vivem brigando com a própria consciência e tentando negar seus desejos mais promíscuos.

Ela se recorda que aquela noite de sexta feira parecia igual a todos os dias em que trabalhava como prostituta. Às cinco horas começou a se arrumar meticulosamente, dentro de sua precária condição financeira. Ela não tem dinheiro para investir em produtos de beleza ou roupas especialmente atraentes. Usa perfume barato, batom vermelho, azul ou preto, e investe em lingeries e produtos adquiridos em Sex Shops para apimentar aquele momento em que tem que satisfazer a lascívia de seus clientes.

Giovana é uma bela moça. Tem dezoito anos. Pele morena clara, olhos e cabelos castanhos claros. Seus cabelos são médios e ondulados. Sua boca é carnuda e seu nariz afilado. Ela acha que deve ter herdado esses traços de seu pai, que nunca conheceu. Sônia, sua mãe tem a pele um pouco mais escura que a dela. Seus olhos são azuis, porém sem brilho ou expressão, apenas refletem mágoa, tristeza e solidão. Já dava para ver aquele tom amarelo esverdeado comum nas pessoas que abusam do álcool. É a forma que o fígado encontra de pedir socorro.

Gi tinha dois irmãos quando saiu de casa. Miguel de treze anos e Camilla de quinze. Sua mãe quando não estava bebendo, fatalmente estava empenhada em aumentar o número de membros da família.

Fazia muito tempo que não via sua mãe. Gi está pensando em seu passado, enquanto faz um "streep tease" para seu cliente que já encontra -se despido. Como ela suspeitava, ele é um homem fino, de bons modos. Gi gosta de dançar para os clientes. Acha que o processo de sedução pode ser o grande diferencial para conseguir um cliente regular. Só precisa perceber quais clientes estão abertos a algum deleite mais sexy, pois a grande maioria dos homens que atende, ou são muito rápidos porque só querem aliviar o tesão, ou são mais velhos e têm certa dificuldade de conseguir uma ereção satisfatória para realizar o coito.

Nesses dois anos que está nessa rotina, Gi já conheceu de tudo um pouco. Tem manhãs quando volta para o quarto que aluga em uma república, no Méier (zona norte do Rio de Janeiro) onde a quase totalidade de residentes é de mulheres que como ela são prostitutas. Estão a procura de um bom partido, alguém que as sustente.

A dona da casa, se chama Perla, mas as meninas a chamam de "Madame Satã", pois é uma mulher fria, egoísta e severa. Sempre usa roupas decotadas e abusa das bijuterias. Vermelho é sua cor preferida.

Ela se diz advogada. Afirma que começou a fazer faculdade, mas trancou a matrícula quando estava finalizando o curso. Depois de um mês morando nessa república, Gi ouviu suas colegas de quarto que já estão na república há mais tempo, falando que tinham dúvidas de que a Madame tivesse algum dia pisado em qualquer faculdade porque o seu nível era baixíssimo. Uma pessoa arrogante.

Gi viu um anúncio na Internet de quartos para alugar, e se aventurou a sair de casa. Tinha dezessete anos. Morava no Morro da Mangueira. Em um barraco com sua mãe e irmãos.

Gi estava cansada da vida que levava. Abandonou a escola porque sua mãe a obrigava a tomar conta dos irmãos. Sônia nessa época, fazia algumas faxinas em casas de família. Mas logo começou a beber, e não conseguia mais trabalhar. Não cuidava nem dos filhos, nem do barraco. Como poderia fazer faxina na casa de alguém? As crianças só se alimentavam se Gi cozinhasse qualquer alimento que encontrasse em casa.

A mãe estava sempre tão bêbada que passava a tarde no quarto. Vomitava na cama e no chão. Gi temia que ela pudesse sufocar com o próprio vômito e de vez em quando checava o sono da mãe. O quarto fedia, por mais que Gi tentasse limpar, cheirava a vômito e urina.

Gi pedia para seus irmãos fazerem silêncio quando chegavam da escola, embora a mãe tivesse o sono pesado. Seu irmão mais novo Miguel e sua irmã Camilla estudavam em uma escola pública, mas ambos estavam atrasados em seus estudos devido a várias reprovações. Gi também não era uma aluna exemplar. No entanto, tinha facilidade de entender a matéria quando os professores explicavam.

Costumava memorizar os pontos mais importantes sobre o conteúdo que tinha sido explicado.

Em sua casa, a situação era de quase miséria, uma vez que o

único recurso financeiro com que contavam era a contribuição que o pai de Miguel dava mensalmente. Mesmo sendo pouco, era o que alimentava a família. Cada filho era de um pai diferente, mas Pedro, o pai de Miguel, foi o único que Sônia conseguiu manter preso por três meses ao ajuizar uma ação de alimentos contra ele.

Pedro era motorista de táxi. Não tinha um salário fixo. No entanto, era capaz de dar mais de 60% do que recebia para não correr o risco de ser preso novamente.

Ele não tinha interesse algum em interagir com o filho. Combinou com Sônia de avisar pelo telefone quando fosse levar o dinheiro para ela. Pedia para ela esperar por ele na subida do morro e entregava um envelope com algum valor que tivesse conseguido separar de seu salário.

Pedro sentia um pouco de vergonha quando avistava Sônia. O uso abusivo de álcool é particularmente cruel no caso das mulheres, e Sônia parecia ter mais de cinquenta anos, de tão acabada que estava.

Gi sabe exatamente como excitar um homem. Ela dança com sensualidade e leveza. Se concentra naquele momento de sedução e faz o seu papel com perfeição. Se considera uma atriz. Tira a roupa lentamente e fica de joelhos acariciando e beijando o pênis envolto em uma camisinha sabor morango. Ela gosta de praticar felação. Ter o órgão masculino em suas mãos é a prova perfeita de vulnerabilidade. Ela sabe que se usar de toda sua expertise naquele momento de explosão de gozo, pode conseguir muitas coisas. Ela aumenta progressivamente o ritmo e os movimentos de suas mãos e de sua língua ao quase engolir aquele órgão teso e duro que está a sua disposição. Demonstra estar sentindo um enorme prazer, enquanto o homem afasta gentilmente seu cabelo, se inclina um pouco mais. Ele sente jorrar seu esperma. Tira a camisinha e já conduz Gi até a cama. Beija seu pescoço, seus seios e já fica excitado novamente. Gi não beija nenhum cliente. Considera o beijo sagrado. Adora beijar. Acha fascinante quando duas pessoas respiram no mesmo ritmo. Gostaria de namorar alguém. Como algumas das suas colegas de escola. No entanto, o mais próximo que chegou de ter um namorado foi com seus encontros com Juninho no beco atrás da escola. A primeira relação sexual é sempre muito desajeitada. Uma mistura de sentimentos. Dúvidas e insegurança. Juninho não era diferente de nenhum dos meninos de sua idade. Escrevia bilhetes para Gi. Depois de algumas tentativas, ele finalmente a penetrou. Vários meninos demonstravam interesse por Gi. Ela sempre foi uma menina interessante pois parecia ser tímida e sempre educada com todos. Sua mãe, logo que a teve cuidava dela. Sentia até um certo prazer em arrumar sua menina. Mas o pai de Gi abandonou a casa em menos de dez meses. Sônia encarregou-se de tentar arranjar alguém. Era sozinha no mundo. Precisaria trabalhar para se sustentar. Caiu na prostituição. Era uma mulher bem experiente em termos sexuais. Engravidou de um de seus clientes e teve Camilla. Achou que o pai abandonaria a família para ficar com ela. Ledo engano. Camilla só fora cuidada pela mãe enquanto estava sendo amamentada. Sônia já tinha feito três abortos de relações fortuita que não deram em nada. Mas

Camilla ela não conseguiu abortar. Seu corpo estava muito fraco. Ela estava anêmica e totalmente descontrolada. Gi era pequena, mas guarda na lembrança a figura de uma mãe totalmente desleixada. Sempre a via com muitos homens. Sônia levava seus parceiros para casa. Quando a situação apertou mesmo em termos de dinheiro, Sônia usou todas as suas forças para ter um relacionamento firme, com Pedro, o taxista. Ele era vinte e dois anos mais novo e totalmente inexperiente com relação a relacionamentos afetivos. Parecia gostar de Sônia e a via como figura materna. Ele gostava das meninas e sempre levava doces e brinquedos para elas. Ficou absolutamente assustado quando Sônia o informou que estava grávida. Pedro era filho único e vinha de uma família de classe média. Mesmo sendo um rapaz jovem, era bastante responsável e tentou acompanhar de perto a gravidez. Levava frutas e legumes para Sônia se alimentar de forma saudável. Até que Miguel nasceu. Tinha herdado os olhos azuis da mãe. Era um menino bonito. Pedro chegou a apresentar Sônia aos seus pais, mas desde a primeira vez que a viram, foram contra o relacionamento do filho. Com o nascimento do bebê, se empenharam em dissuadir o filho de qualquer maneira a sair daquele relacionamento. Apresentavam Pedro para outras meninas, mas ele sempre fora inseguro. Os pais de Pedro cometeram os mesmos erros de todos os pais: tentaram proibi-lo de levar adiante um relacionamento. Não tiveram calma para esperar o desfecho básico em estórias assim: Pedro fatalmente veio a conhecer uma moça que regulava idade com ele e se apaixonou por ela.

Não foi difícil abandonar Sônia e seus três filhos. Queria aproveitar tudo com sua nova namorada. Até comprou um anel de compromisso para ela. Todavia, Sônia não se daria por vencida. Conseguiu direito a alimentos para o filho.

Gi deixou-se penetrar por trás e seu parceiro gozava intensamente. Ele pagou pelo serviço completo. Gi costumava levar alguns de seus clientes para um termas que pertencia a um homem que ela conhecera. Ela poderia usar um dos quartos, mas teria que pagar 40% do valor arrecadado por noite para o proprietário.

Gi estava acostumada às situações mais bizarras. Uma vez um cliente rico e idoso a pegou em Copacabana e a levou para o apartamento dele no Leblon. Só que quando eles chegaram no apto, o homem disse para Gi que queria que ela transasse com seu cachorro e ainda deu para ela um tubo de pomada e uma cartela de comprimidos para ela usar depois do sexo e evitar infecções. Ela ficou horrorizada com aquela proposta e se negou veementemente a fazer algo tão nojento. O homem ainda argumentou que pagaria em dólar pelo serviço.

O ser humano é capaz de praticar os atos mais desprezíveis e asquerosos. Gi foi direto para a república ao sair do apartamento daquele homem monstruoso, e pensou que teria que traçar metas para conseguir sair daquela situação de pobreza. Percebia que precisava ter algum diferencial.

O homem ainda transou mais uma vez com Gi. Ficou em cima. Estava extasiado. Perguntou qual o nome dela, e ela respondeu Virginie, pois gostava muito da banda Metrô. Em especial, da canção " Johnny Love". Imaginava que ainda conheceria alguém com quem poderia se relacionar e sair daquela vida.

O homem disse: " Eu sou o César. Gostaria de encontrar de novo com você. Há muito tempo não me sentia tão bem. Você sempre faz ponto em Copa?"

Ela disse que sim e marcaram de encontrar novamente na próxima semana.

Aquela noite fora bem lucrativa. Gi se permitiu ir a um restaurante com César e tomar um vinho. Eles tomaram banho juntos. Ele colocou a aliança e saíram do hotel.

Ao saírem do restaurante ele pagou um táxi para ela voltar para casa.

Mesmo estando satisfeita com aquele desfecho inesperado, Gi sabia que não podia se dar ao luxo de desenvolver sentimentos por clientes. Sabia que a primeira lei das " noites de prazer" era não criar laços.

Gi trabalhou no Sábado e no Domingo, foi abordada por um cliente que era o justo oposto de César. Percebeu tratar-se de um traficante. Usava grossas correntes e anéis de ouro. Tinha o cabelo oxigenado. Usava roupas largas. Tinha aproximadamente uns 38 anos. Diferente do César, ele sabia o que estava procurando e foi logo abordando Gi. Pediu para ela levantar a saia e deu uma olhada antes de permitir que ela entrasse em seu carro.

Chegando no motel, ele já colocou as fileiras de cocaína em cima da mesinha de centro que havia em uma anti sala e insistiu para Gi cheirar também.

Gi não tinha vícios, mas estava se sentindo bastante atraída por aquele homem. Havia algo nele que a excitava. Era forte. Tinha o corpo malhado. Parecia esconder uma certa fragilidade atrás daquela imagem de chefe de boca de fumo. Ela falou para ele que não usava drogas. Mas antes das dez já estava usando droga com ele. A atração entre os dois foi imediata e eles se combinaram totalmente em termos sexuais. Não foi necessário dizer nada. Gi se sentiu muito bem sob o efeito da coca. Estava em transe. Sentiu um prazer desconcertante e novo ao transar com aquele homem.

Nada precisava ser dito. Eles se encontraram várias vezes durante aquela semana. Josué rei da coca era o responsável pelo tráfico de drogas no Morro da Formiga, na Barra. Cuidava da rota, da compra e venda de drogas em toda a região. Tinha um sócio que era temido por todos. Era chamado de Cláudio Cruel. Matava quem o desagradava com crueldade. Uma vez matou um devedor e sua família (mulher e filha) queimados dentro de pneus enormes. Foi muito trabalhoso para a polícia descobrir a identidade dos mortos poque a pele queimada grudou na borracha do pneu. Foi devastador. Com Cláudio era impossível dialogar. A única pessoa com a qual conseguia manter um diálogo era com Josué com quem organizava seus esquemas sórdidos de corrupção.

Gi e Josué se tornaram cúmplices. Ela foi morar com ele no Morro. Cláudio ficou muito preocupado e não gostou de Gi. Não achava nada conveniente seu sócio se apaixonar. O negócio das drogas ia de bem a melhor exatamente porque Josué era totalmente comprometido com o negócio. No entanto, Gi foi chegando e se impondo. Tinha um talento nato para se fazer notar. Ela começou a trabalhar ativamente em todos os negócios. Inclusive armou um esquema de prostituição em que as prostitutas transportavam drogas para encontros de cúpulas, em grandes empresas. Gi se tornou a mulher que sempre quis ser. Tinha joias, carros, roupas e muito dinheiro. A república da Madame Satã, no Méier, não passava de uma remota memória. Ela sabia que o estilo de vida que escolheu ao se unir a Josué era arriscado, ilícito e reprovável, mas percebeu que o crime compensa sim. Principalmente em um País como o Brasil. O pior que poderia acontecer era serem mortos ou presos, e esse era um preço baixo a pagar por tudo o que ela finalmente conseguira. Ela era a Godiva do Formiga, e nunca haveria outra como ela.

O GRANDE CIRCO DE HORRORES

"Débora Dantas Empreendimentos e o Grande Circo de Horrores. Só para quem gosta de fortes emoções. Nele temos os melhores e mais fascinantes artistas. É um circo que tem filiais em várias cidades do Brasil e mantém o padrão de fascínio e mistério em todas as suas unidades. Os Artistas apresentam o mesmo número e usam os mesmos nomes e indumentária em todos os lugares. São muito organizados e os shows ocorrem de forma sincronizada. Geralmente todos os ingressos disponibilizados se esgotam algumas horas antes do início de cada show. As filas são enormes e há sempre shows era o anúncio do maior circo brasileiro. Apresentações para as pessoas assistirem enquanto estão na fila para compra de ingressos. Não perca essa chance de assistir um de nossos espetáculos. Adquira já o seu ingresso!" Esse era o anúncio que se ouvia ao longo do dia nas ruas da cidade onde o grande circo de horrores se estabelecia para uma temporada de shows.

Débora Dantas nasceu no circo, literalmente. Seus avós e seus pais mantinham uma tradição de família: desde cedo perceberam que o segredo de um negócio bem administrado se baseia em três princípios básicos: confiança, doutrina e fidelidade.

Todos os artistas eram sócios no negócio. Contribuíam mensalmente com valores para manter sempre um padrão TOP e diferenciado de todos os outros circos, a começar pela indumentária. Os artistas usavam fantasias muito chiques. Tecidos caras e corte perfeito. Um alfaiate, uma costureira e duas ajudantes eram responsáveis pela confecção das roupas que eram idealizadas por Débora e sua mãe. Requinte e beleza definiam a atmosfera fascinante do ambiente circense. Todos se encantavam a cada espetáculo. De tal forma que fazer parte daquele negócio se tornava o sonho de alguns.

Em cada cidade que chegam, há um processo seletivo para pessoal de apoio, e a procura é enorme. Jovens rebeldes que sonham em começar a trabalhar para saírem de casa formam a grande maioria dos candidatos. No entanto, Débora e seus pais optam por pessoas que gostem do ofício e apreciem o modo de vida itinerante desses profissionais. Faz parte do marketing de seleção aguçar o interesse em um emprego no qual há possibilidade de especialização e de recebimento de benefícios de acordo com o número de pessoas que gostem dos números e os divulguem.

Uma vez que se tem o núcleo básico de atrações originais, não se permitem forasteiros participando daqueles números. A esse pessoal de apoio não é permitida interface com os grandes artistas. Nessa categoria incluem-se o ilusionista Arthur o Grande, Jezebel a sacerdotisa do amor (especialista em dança do ventre), Joyce e Jeremias um casal de anões que faziam um espetáculo com fogo e facas, Paola Mendes, trapezista, que era namorada de Débora e fazia sua apresentação com duas outras artistas, Soraia Dias e Louise Santos. O show tinha momentos de intenso terror. Elas simulavam uma queda em que Soraya tinha seu corpo liquefeito ao se espatifar no chão, enquanto Paola e Louise faziam movimentos ritualísticos depois da aparição de um espírito que ilusoriamente saia do corpo dela e circulava no meio do público que observava tudo atônito. As duas trapezistas feiticeiras, subjugavam o espírito maligno e faziam com que ele voltasse ao corpo de Soraya. O público aos gritos, mesmo com os avisos incessantes de que pessoas muito influenciáveis ou com problemas cardíacos não poderiam assistir aquele e outros espetáculos que asseguravam o caráter sombrio de ilusionismo e terror característicos dos espetáculos do Grande Circo de Horrores.

Ao serem escolhidos para fazerem um estágio os candidatos algumas das vezes não se adaptaram as rotinas bastante duras dos artistas circenses. Principalmente em se tratando de uma empresa tão bem-organizada, as exigências aumentam consideravelmente e as exigências também.

É muito difícil moldar totalmente um funcionário nos padrões de excelência da família de Débora. Havia um grande distanciamento entre os funcionários. Tudo muito segmentado de acordo com as funções.

O que ninguém sabia era que atrás daquela estrutura de empresa Débora escondia uma seita de adoradores do diabo. Ela era a representante maior de uma seita que praticava o satanismo. Magia negra da mais pesada. Eram feitos sacrifícios com vidas humanas que eram oferecidas diretamente ao demônio para manter o sucesso e o lucro dos empreendimentos de Débora. Ela fez um pacto direto por fama, dinheiro e sucesso que era mantido ao longo dos anos através da conquista de membros que aumentavam significativamente a cada ano. Na verdade, a seleção de candidatos visava trazer mais e mais pessoas para participarem de reuniões em que se praticavam todos os tipos de atividades nefastas.

Uma vez a cada três meses Débora fazia festas em que todos participavam usando máscaras e faziam rituais de sexo grupal nos quais teoricamente entidades se apoderaram de corpos humanos para praticarem coitos. A própria Débora praticava sexo com a entidade com a qual fez o pacto. O espírito maligno que se autodenominava o Senhor Absoluto das Trevas queria ter um herdeiro para liderar junto com Débora um exército de assassinos vis e homicidas que viriam a resgatar almas errantes e destruir as pessoas de bem.

Quando os secionados para o estágio no circo ganhavam a confiança de Arthur ou de qualquer outro artista sendo direcionados as reuniões da seita. O processo era bem-organizado. Como o fato de viajar por várias cidades era o melhor álibi para justificar o sumiço de qualquer jovem que sumisse sem nunca mais mandar notícias para os pais...

O curioso é que muitos dos adeptos da seita DD se ofereciam em sacrifício por julgarem que seriam beneficiados com algum prêmio post mortem que incluía ser assistente direto do Rei das Trevas ou ter a possibilidade de voltar a terra como alguém poderoso e destinado a grandes feitos.

Débora estava a cada dia mais bela e sedutora. Sua namorada Paola também revezava com ela nos coitos bestiais. Até que uma delas pudesse engravidar e dar a luz ao anticristo. Foram construídos templos em forma de caixão quando vistos de cima. A arquitetura própria para aquele tipo de seita religiosa. Só era possível perceber a estrutura arquitetônica se a pessoa tivesse noção de arquitetura ou se fosse muito observadora. Esses templos foram construídos em locais de difícil acesso. Eram locais escondidos e que ficavam sempre trancados. Geralmente perto de florestas, que facilitavam as reuniões para os rituais satânicos.

Os templos só eram abertos em datas especiais e as cerimônias eram presididas por Ministros ou Ministras.

De vez em quando algum dos membros manifestava a vontade de se desligar da empresa quando percebia que se tratava apenas de uma fachada para algo de proporções assustadoras. No entanto, a ninguém era dado o direito de simplesmente desistir. Essas pessoas eram brutalmente assassinadas para que o exemplo servisse de lembrete constante para todos os membros da corporação. Uma vez que se faz um pacto com o maligno, não há como desistir. Não é possível pedir rescisão de contrato e optar por pagamento de multa. O mal cativa e ilude com pequenas demonstrações de cumplicidade e simpatia. É extremamente envolvente e persuasivo. Era feita uma lavagem cerebral nos membros. Literalmente. Todos os membros eram belos e jovens, aparentando ser pessoas bem resolvidas e bem relacionadas.

Como o mal jamais conseguiu prosperar por muito tempo, algumas vezes o teor demoníaco das atrações chamava à atenção de religiosos que criticavam veementemente aqueles números. Alguns padres, pastores e representantes de organizações religiosas diziam que sentiam uma vibração muito pesada e negativa nos arredores do circo. Era difícil acreditar que no Brasil houvesse um empreendimento tão rentável como o Grande Circo de Horrores de Débora Dantas. Mas as opiniões se dividiam. Alguns achavam que Débora além de competente também tinha sorte. Era uma privilegiada por estar à frente de uma organização que só crescia e movimentava milhões de dólares por ano.

Em 1999, Débora foi acusada formalmente por um grupo de mães de ser má influência para os adolescentes que depois de serem recrutados para trabalhar no circo, mudavam totalmente o comportamento. Se tornavam péssimos filhos. Se afastavam dos familiares e viviam imersos naquele ambiente tão intrigante das adjacências do circo.

Havia um número considerável de ações judiciais contra Débora, mas os seus advogados eram os melhores e o máximo que acontecia era que na maioria das vezes ela era condenada a pagar indenizações às famílias q para cuidarem dos jovens que ficavam perturbados psicologicamente. Alguns adolescentes não eram aprovados no período de experiência e voltavam para suas casas cheios de sequelas.

Em 2001 Débora engravidou depois de um dos cultos. Disse para Paola que nunca tinha sentido tanto prazer em uma foda quanto naquela. Gozou várias vezes até desfalecer de tanto prazer. Tinha certeza de que estava grávida. Ao perceber que estava mesmo gerando o filho do demônio em seu ventre, passou a se dedicar somente a parte administrativa de sua empresa. Anunciou que pararia de fazer seus números porque precisava cuidar -se. Aquela criança deveria ter o melhor tratamento possível para garantir que sua gestação seria saudável e tranquila. O bebê seria perfeito em todos os aspectos.

Estranhamente Débora estava emagrecendo dia após dia e passou a se alimentar de sangue humano. Tomava uma taça por noite. Fazia uns rituais muito macabros que eram diretamente invocados para que não ocorresse nenhum contratempo com aquela gravidez Débora se banhava com leite e mel. Se alimentava de carne humana. Sua aparência começou a mudar e se tornou muito estranha.

Paola continuava se apresentando todas as noites e mostrando números inovadores. Cada vez mais macabros e surpreendentes. No entanto, ela começou a sentir inveja e ciúme de Débora por ter sido a escolhida para gerar o anticristo. Não estava suportando ver a barriga de Débora crescer. No entanto, não demonstrava. Fingia ser a namorada fiel de sempre, até que um dia, cega de ciúme, raiva e inveja, Paola aproveitou um momento de descuido de Débora e apunhalou sua barriga diversas vezes assassinando-a e o matando o bebê. Nesse momento caiu um raio de fogo sobre ela que a transformou em cinzas. O Senhor das Trevas não suportou ser traído. Estava totalmente enfurecido!!!!!! Sua ira foi tamanha que causou um incêndio, a partir de um raio, que queimou a maior filial do circo e matou todos os integrantes da equipe. Estranhamente o mesmo aconteceu em vários circos em outras cidades. Todos pegaram fogo simultaneamente, sendo totalmente destruídos e todos que estavam dentro do circo foram mortos.

O Grande Circo de Horrores tornou-se apenas uma lembrança. Não faltaram líderes religiosos para afirmarem que havia uma força nefasta naquele ambiente, e que por isso mesmo, os incêndios foram uma intervenção divina para acabar com o mal oculto que havia se espalhado pelo Brasil e começado a expandir para o resto do mundo.

A CHAMA VIVA

Havia algumas pessoas que sempre se destacaram de uma forma ou de outra em qualquer lugar que eu ia, costumava observar à minha volta e centralizar a atenção nas pessoas que pareciam não pertencer ao lugar em que se encontravam. Desde a infância muitos por mim passaram, e alguns marcaram profundamente a minha vida. Era bom ser criança quase sempre. Às vezes brincadeiras acabavam em brigas. Minha infância foi bem feliz. Tinha dois irmãos e nós brincávamos muito. A vida parecia perfeita em família, até que fomos para escola. Era difícil entender certas coisas! Tudo era muito novo, mas nos adaptamos. Depois na adolescência tudo ficou mais estranho ainda. Vi um menino se matar, na escola pública, em uma segunda feira à tarde. As aulas já tinham começado há um mês, quando recebemos um aluno novo na turma. Ele se chamava Jonas. Era um menino muito estranho, obeso, lento e pesado. Parecia ter dificuldade para se locomover. estava sempre sozinho. Não interagia com ninguém. Não falava nada nem fixava o olhar em ninguém. Andava sempre com a cabeça baixa, olhando para os sapatos.

Um dia, ele levou uma garrafa de álcool para escola, dentro de sua mochila. Ao chegar na sala derramou todo o líquido em si mesmo, encharcando suas roupas, acendeu um fósforo e queimou seu corpo. A cena foi tão impactante que me fez desmaiar. Lembro até hoje do som do corpo carbonizado caindo no chão, da fumaça e do cheiro de carne queimada que se espalhou pela sala. Ouvi o som de pessoas gritando e vi que meus colegas de turma e até a professora foram correndo para a porta e se aglomeraram tentando sair da sala.

Ouvir uma estória, narrada por alguém é algo muito diferente de presenciar uma cena. O mesmo acontecimento tem efeitos diferentes nas pessoas. Definitivamente eu nunca mais fui a mesma depois daquele dia. Tenho pavor de fogo, de fumaça, de fósforos ou isqueiros, de fogos e trovões, e evito usar álcool para qualquer finalidade.

Jonas tinha quinze anos, como eu. Era um garoto bem peculiar. Nenhum adjetivo parecia ser apropriado para descrever sua aparência. Ele era branco e tinha os cabelos castanhos, compridos e ondulados, mas não penteava. O cabelo cobria o seu rosto. Ele era grande. Alto, gordo e desajeitado. Era bem estranho. Seu corpo não era harmônico. Andava com a cabeça baixa. Nunca olhei em seus olhos. Ele não falava com ninguém. Estava sempre sozinho. Isolado. Quando algum professor perguntava algo, ele simplesmente não respondia. Parecia um corpo sem " alma". Parecia não ter emoções. Parecia sobre humano. Não sabia definir.

Algo que desde cedo percebi é que quase ninguém se aproxima do outro movido por uma vontade genuína de ajudar. Quase todos os outros alunos atormentavam o menino. Diziam que ele era um ET. O chamavam de "balofo" e de "branquela". O que me intrigava é que nunca ouvia a voz dele. Ele conseguia não falar nada durante o tempo que estava na escola. Cheguei a pensar que fosse mudo. No entanto, depois que a mãe dele foi chamada à escola, explicou que ele sempre teve problemas para se comunicar.

Jonas faltou durante uma semana inteira, depois que sua mãe foi chamada para conversar com a psicóloga da escola. A diretora conversou com a turma e pediu que ninguém importunasse Jonas. Explicou que teríamos que dar a ele um tempo para se adaptar a escola.

No entanto, quando Jonas voltou, alguns meninos resolveram forçar Jonas a falar. Começaram a fazer piadas e importunar o garoto que não demonstrava qualquer reação. Marcelo e Eduardo os maus elementos da turma, juntaram um grupo e cercaram Jonas no banheiro. Fizeram-no beber água do vaso sanitário. Tiraram a roupa dele. Foi absolutamente constrangedor. Mesmo assim, Jonas não proferiu nenhuma frase ou palavra. Apenas chorou.

É inacreditável a capacidade que o ser humano tem de ser perverso. A falta de empatia pelo outro e principalmente a falta de percepção de que toda ação gera uma reação. É óbvio que Jonas reagiria a tamanha brutalidade a qual foi exposto.

O ano era 1984 e Jonas, o ET, ficou recluso em sua casa. A mãe era costureira. O pai de Jonas a abandonou assim que soube que ela estava grávida. Eles eram cearenses. A mãe veio de caminhão para o interior de São Paulo. Tentou abortar tomando remédios. Mas não conseguiu. Ela era uma pessoa bastante limitada. Via Jonas como um animal que precisava ser alimentado apenas. Ela dava banho nele e colocava sua comida. Cortava a carne como se ele fosse uma criança pequena. Durante a primeira infância ele só ficava em casa com a mãe. Os vizinhos denunciaram que havia uma criança que não estudava. Mas naquela época não havia sanção para isso. Com quinze anos, foi a primeira vez que a mãe tentou apresentar Jonas a sociedade, e a recepção que ele teve foi a pior possível. Sua mãe também se matou quando soube o que aconteceu com Jonas na escola. Se enforcou.

Desde aquele episódio tento entender como é possível passar pela vida sem viver. Jonas e sua mãe são exemplos de que não é possível se isolar totalmente. Mesmo sem causar mal algum aos outros ninguém consegue escapar do fardo de ser diferente e não se encaixar nos padrões de "normalidade" impostos pela sociedade.

MALDIÇÃO HEREDITÁRIA

Rosemeire era uma mulher simples. Fora criada por um pai autoritário e mãe ausente. Tinha duas irmãs Rosalinda e Rosicler. Rosi era a mais velha das filhas. Moravam no interior do Rio, em Tanguá, em um pequeno sítio. Em sua casa todas dividiam as tarefas. Desde cedo aprendeu a cozinhar e a cuidar da casa, dos animais e da horta. Seu pai fornecia leite, ovos, frutas e legumes para o mercado da cidade. Não havia interação entre pais e filhas. Todos acordavam cedo, tomavam o café da manhã e já começavam suas atividades.

As meninas estudavam à tarde, mas como moravam longe da escola e tinham que ir a pé, precisavam sair de casa logo depois do almoço.

Seu Ronaldo batia nas meninas e na mãe delas por qualquer motivo, simplesmente para deixar bem claro que ele mandava na casa.

A vida transcorria dentro de uma rotina. Como diversão, as meninas subiam em árvores, brincavam com Pedro e Josué que moravam no sítio vizinho e regulavam idade com elas.

Quando estavam juntos, aprontavam todas as traquinagens possíveis. Às vezes as meninas se machucavam e tentavam esconder as feridas dos pais para não apanharem. No entanto, nem sempre conseguiam e quando a mãe percebia, além de bater nelas, ainda as colocava de castigo.

As cinco crianças estudavam na mesma escola.

Rosicler, a mais velha, não participava muito das brincadeiras porque assim que começaram a apontar seus seios, o pai começou a abusar dela. Primeiro fazia a menina tirar a calcinha e ficar de quatro. Se masturbava acariciando a menina. Na primeira vez, ela tentou gritar e o pai bateu nela com tanta força que arrancou um dente da menina. Disse para a mãe que ela mereceu apanhar porque estava conversando com um caminhoneiro. Com o tempo, o pai passou a amordaçar Rosi e tentava fazer sexo anal com ela. No entanto, Rosi ainda era criança, consequentemente, muito frágil.

Assim que menstruou, Rosi fugiu com um caminhoneiro. Tinha apenas catorze anos.

Rosemeire, a filha do meio, namorou e se casou com Josué, seu vizinho. Sendo ele o único homem com o qual se envolveu em toda a sua vida. Ela transou com ele um dia que faltaram a aula. Deixaram os irmãos entrarem na escola e foram para uma casa abandonada que ficava próxima à escola.

Josué era bom rapaz. Sonhava em se mudar para o Rio e fazer faculdade. Queria ser engenheiro. Rose adorava conversar com ele. Os pais achavam que ele era um ótimo partido. Josué se mudou com a família para Caxias, para estudar em uma escola melhor. Seus pais decidiram investir na educação dos dois filhos. Percebiam que eles não teriam futuro algum morando na roça. Rose por um momento viu seu sonho de casar e ter sua própria casa desmoronar. No entanto, seu pai tinha uma irmã bem mais velha que ele, que morava em Caxias, e precisava de alguém para cuidar dela. O pai deixou então Rose ir mudar para morar com essa tia, de forma que ela pudesse continuar seu relacionamento com Josué. Ela cuidaria da casa, como se fora uma empregada e não poderia estudar porque à noite tinha que dar os remédios que a tia tomava diariamente. Ou seja, teve que parar de estudar. Os pais de Josué gostavam de Rose. Incentivaram Josué a continuar se relacionando com ela.

Ao completar dezoito anos, Rose casou-se com Josué que já trabalhava e fazia faculdade. Foram morar juntos em uma pequena casa. Rose nunca deixou de visitar sua tia, que foi entregue aos cuidados de uma enfermeira.

A terceira irmã Rosalinda, a mais nova, acabou ficando sozinha com os pais. A coisa que mais desejava era mudar-se daquele lugar. Sem as irmãs o pai passou a abusar dela sexualmente. Sua mãe fingia que não percebia. Sua vida era um tormento. Ela sentia nojo de si mesma e uma raiva que não cabia no mundo. Era uma situação degradante. Havia dias em que sentia vontade de se matar. Ela estava com doze anos quando Rose se mudou para o Rio. Seu pai não permitia mais que ela frequentasse a escola. Alegava que ela tinha que cuidar da mãe e da casa e que não precisava estudar porque quando ele morresse a casa ficaria para ela.

No entanto, um rapaz se mudou para a casa que fora de Josué, com o objetivo de cuidar da propriedade. Se chamava Marcos e tinha vinte e cinco anos.

Rosalinda percebeu que ele sempre a observava e conseguiu com muita perspicácia se encontrar com ele às escondidas. Revelou que sofria abuso de seu pai. Eles começaram a se relacionar e planejaram matar seu Ronaldo. Tiveram êxito. O assassinaram colocando veneno de rato na sua comida. Seu Ronaldo estava no celeiro quando passou mal. Morreu na companhia de porcos, no local em que tantas vezes abusou de suas filhas.

Assim que seu Ronaldo morreu, o casal fugiu para o Rio.

Rosalinda engravidou e teve um menino que chamaram de Felipe. Marcos trabalhava como caminhoneiro. Devido a diferença de idade, logo começou a trair Rosalinda que começou a se sentir solitária e desprezada.

Quando tentava reclamar com Marcos, ele a agredia. Começou a beber. Jogava na cara que fazia muito em sustentá-la. Ás vezes nem dormia em casa nos dias que estava de folga.

Sua única companhia era Felipe. Rosa cuidava bem do menino. Bem até demais. Marcos não gostava do menino e sentia raiva dos cuidados excessivos que Rosa dava ao menino. Ela vivia em função dele, e conforme ele foi crescendo, Rosa parou de reclamar sobre as traições de Marcos. A companhia de seu filho bastava para preencher seus dias solitários. Marcos às vezes brigava e batia no menino sem nenhum motivo. Dizia que ele ia acabar se tornando um "viadinho" já que só vivia agarrado com a mãe.

Em uma tarde do mês de setembro, Marcos se sentiu mal e voltou para casa, sem avisar. Quando chegou, viu um maço de cigarros, copos e uma garrafa de vinho em cima da mesinha de centro que ficava na sala, e um cinzeiro com pontas de cigarro.

Quando se encaminhou para o quarto, viu uma cena que jamais esperava ver. Rosalinda e o filho nus na cama, transando.

Marcos jogou Felipe no chão e começou a bater em Rosalinda. Felipe pulou em cima do pai, tentando defender a mãe. Mas Marcos o esmurrou e o jogou no chão. Enquanto isso Rosalinda tentava levantar-se e reagir, mas estava muito machucada. Felipe pulou a janela e saiu correndo da casa, enquanto Marcos desferia socos mortais no rosto de Rosa.

Os vizinhos chamaram a polícia, mas quando os policiais chegaram, Rosa estava morta.

Marcos foi preso em flagrante. Felipe foi levado ao juizado de menores e foi mandado para um abrigo da prefeitura que aceitava menores. Seu pai foi condenado a trinta e cinco anos de prisão. Declarou-se culpado e disse que não se arrependia de nada. Alegou que descobriu que sua esposa o estava traindo com outro homem quando ele chegou em casa naquela tarde fatídica, e disse que ele não conseguiu se controlar. Acrescentou que o amante da esposa fugiu pela janela. A polícia nunca suspeitou que o tal homem fosse o pequeno Felipe, filho do casal.

FAMÍLIA MODERNA

Composta por cinco membros: pai, mãe e três filhos. Dois meninos. Eduardo, César e Ana Paula. Os pais Marcos e Luciana Moura seguiram todos os trâmites dos relacionamentos que acabam com o casamento formal e a constituição de uma família: namoro, noivado e casamento. Se conheceram na adolescência. Moravam no mesmo bairro, na Tijuca no Rio de Janeiro. Estudaram durante algum tempo na mesma escola. Ele foi o primeiro namorado de Luciana. Quando ele terminou o primeiro grau, seus pais mudaram para a Barra da tijuca, e consequentemente, Marcos foi estudar em outra escola. Eles se separaram durante algum tempo, mas sempre que podiam, se falavam pelo telefone. Marcos fez faculdade de medicina e tornou-se médico da marinha. Era ginecologista. Luciana fez o curso normal e depois fez faculdade de pedagogia. No entanto, nunca trabalhou por muito tempo em escolas. Não gostava da rotina. Marcos a convidou para ir à sua festa de formatura e eles reataram o namoro. Ele ganhou de presente do pai uma casa enorme na Tijuca e logo que terminou a residência, começou a fazer um curso de pós para se especializar. Abriu um consultório logo que se formou e Luciana começou a trabalhar no consultório como secretária dele. Tudo estava bem em termos financeiros. Depois de dois anos de casados, Luciana teve seu primeiro filho, Eduardo. A partir daquele momento, passou a se dedicar integralmente a função de ser mãe. Eduardo parecia uma criança normal. Em menos de um ano, Luciana engravidou novamente. Ela gostaria de ter uma menina, mas César nasceu. Marcos trabalhava o dia todo. Tentava ser um pai presente na medida do possível. Eles contrataram uma babá, então nasceu Ana Paula. Com três filhos Luciana ficava totalmente envolvida com tarefas da casa, embora tivesse empregada para fazer faxina e cozinhar. As crianças foram colocadas na creche porque Luciana reclamava que se sentia cansada. As crianças cresceram em um ambiente bem rígido porque Marcos tornou-se médico da marinha. Deixou de atender em consultório particular. Ele acabou assumindo o comportamento padrão dos militares. Era muito rígido e até radical quanto as suas convicções de como um cidadão de bem deveria se comportar em sociedade. Luciana tornou-se totalmente subserviente aos comandos do marido. Não tomava nenhuma decisão sem antes consultar o marido, e não ousava discordar dele, uma vez que ele era o mantenedor da casa. Eduardo sempre foi bom aluno. Já César desde cedo demonstrou ser um menino muito elétrico e isso afetava seu poder de concentração. Luciana embora tenha feito graduação em pedagogia, não tinha a menor paciência para ajudar os filhos nas tarefas escolares. Optava por contratar professores particulares. Ana Paula também era bem tranquila. Interessante que Marcos não demonstrava ter nenhum favoritismo por nenhum dos filhos. Aliás não demonstrava sequer ter afeto por eles. Apenas cumpria a função de pai nos momentos em que estava em casa e quando não estava controlava a vida deles através da esposa, Procurava se cerificar que estavam mesmo frequentando as aulas. Foi se afastando de Luciana com o tempo. Inclusive Marcos passou a ter casos extraconjugais. Achava Luciana desinteressante enquanto mulher. A achava limitada e superficial. A relação deles era fria. De vez em quando Luciana se matriculava em algum curso, como "bordados em tecidos" para ocupar seu tempo enquanto as crianças estavam na escola. Eduardo estudou na escola militar. Foi obrigado a seguir a vontade de seu pai. Como quase todo militar, seu pai era muito intransigente. Não admitia que qualquer pessoa tivesse opinião contrária à sua. César, irmão do meio, não conseguiu se adaptar ao ritmo da escola militar. Não era apenas uma questão de atender às rígidas exigências impostas aos alunos, mas ele não conseguia alcançar a média nas provas e se o aluno ficar reprovado na escola militar será sempre descartado porque teoricamente os "milicos" têm que ser profissionais exemplares. César tinha bastante dificuldade em matérias como matemática e física. Mesmo tendo aulas particulares, ele não conseguia melhorar sua performance nas provas. Sua mãe, não queria admitir que seu filho pudesse ter algum problema cognitivo. Achava que ele era preguiçoso e desinteressado. Inicialmente o pai tentou ensinar matemática para ele. O colocou de castigo. Não tinha nenhuma paciência. Batia no garoto. Posteriormente as professoras particulares sempre falavam que ele era muito lento e não conseguia se concentrar. Decidiram então matricular o menino em uma ótima escola tradicional, mas ainda assim, não se adaptava em termos de aprender os conteúdos apresentados. No entanto era muito extrovertido e simpático. Os professores reclamavam que ele conversava muito com os colegas e atrapalhava as aulas, mas todos os professores gostavam dele. Os pais pensavam que fosse um ato de rebeldia, talvez por ter inveja do irmão que mais velho que era o modelo de filho que agradava a Marcos. Depois de repetir a sexta série duas vezes os pais o matricularam em uma escola pública como "punição". Tinham a certeza de que lá ele seria aprovado e sairia finalmente da sexta série. No entanto, ele se juntou aos piores alunos das outras turmas. A mãe foi chamada para uma reunião, mas não compareceu. Alegou que trabalhava o dia inteiro e não tinha tempo para comparecer a reuniões escolares, sendo que não trabalhava. Disse para a professora usar a agenda do aluno e enviar mensagem, sendo que as agendas só são usadas para troca de mensagens entre professor e responsáveis até a quarta série. Marcos só se dirigia ao filho para ridicularizar o menino. Algumas vezes saia com as crianças para ir ao cinema e fingir ser um bom pai, mas se irritava com eles. Principalmente com César que não entendia os filmes. Ele sempre o comparava com o irmão, dizendo que Eduardo era inteligente, diferente dele que era "burro". Mal sabia que Eduardo também não gostava da escola militar. Só não dizia por que tinha medo de apanhar do pai. Começou a ter tendências homossexuais, e quanto menos chamasse à atenção do pai para a sua pessoa, melhor seria. Ana Paula talvez por ser menina e boa aluna, sempre ganhava todos os presentes que pedia ao pai ou para a mãe. Tinha muitos brinquedos e roupas. Se dava bem com as coleguinhas da escola.

Eduardo sentia atração por um colega de turma que se chamava Fernando. Eles ficaram amigos. Só viviam literalmente "grudados". As vezes ele ia na casa dos Moura para estudar com Eduardo. Não demorou muito para começarem a experimentar novas interações. Marcos era um ator nato. Disse para Fernando que estava a fim de uma menina que era sua vizinha, mas estava com vergonha porque nunca tinha beijado antes e perguntou se poderia treinar com Fernando. Nesse momento, eram melhores amigos e todos na turma desconfiavam deles. Fernando aceitou e logo passaram de beijos a sexo propriamente dito. Relações anais e todas as descobertas que dois homens podem fazer juntos para alcançar prazer satisfação sexual. A cada dia ficava mais difícil manter a pose diante dos pais e amigos. César por sua vez percebeu que era melhor fazer o máximo possível para passar nas provas e colava do melhor aluno da turma. Embora andasse com os maus elementos de outras turmas ele era simpático e fazia amizades. Começou a fumar maconha e experimentou bebidas alcóolicas. Percebeu logo que seu irmão era gay. A mãe se fazia de cega, embora em seu íntimo também percebesse que não era normal uma amizade tão intensa como os meninos tinham. No entanto, não levou suas suspeitas ao marido porque tinha medo de sua reação. Ana Paula observava a tudo perplexa. Era só os pais saírem de casa por qualquer motivo que seus irmãos se revelavam. Uma vez o pai sentiu cheiro de maconha na casa. Foi um pandemônio. César disse que aquele cheiro vinha da casa vizinha. Que os rapazes que tinham se mudado há pouco tempo para o prédio ficavam fumando maconha no corredor. Ficou apavorado com as suspeitas de seu pai. Óbvio que usando aquela desculpa super improvisada não conseguiu convencer o pai que o espancou. Bateu tanto nele que quebrou o seu braço. A mãe tentou intervir, mas também foi agredida. Levou um soco. Marcos começou a gritar e dizer que o filho era daquele jeito porque Luciana era um fracasso como mulher e como mãe. Marcos começou a exigir dos outros dois filhos que eles contassem a verdade sobre aquele cheiro de maconha na sala da casa dele. Como os dois irmãos também estavam apavorados não ousaram confirmar as suspeitas do pai, que começou a esmurrar as duas crianças. Foi a primeira vez que Eduardo e Ana Paula apanharam. Ele colocou os três de castigo. Disse que iria cortar as mesadas e proibiu visitas dos amigos quando não tivesse ninguém em casa. Eduardo ficou insano. Quase infartou literalmente. Não podia imaginar ficar distante de Fernando. Ameaçou contar para o pai que César usava drogas. Foi uma briga feia! César disse que se ele contasse para o pai sobre as drogas, ele contaria que o filhinho aspirante a carreira militar era "viado". César estava bem machucado. O castigo durou um mês. Eduardo insistia constantemente com sua mãe para que ela deixasse Fernando ir estudar com ele, ou que deixasse ele ir à casa de Fernando, mas ela respondia que jamais seria capaz de contrariar as ordens do pai. Devido a enorme insistência de Eduardo, Luciana percebeu claramente que seu filho era mesmo gay. Como retaliação, Eduardo e Fernando se encontravam em motéis no horário que deveriam estar na escola. No entanto não poderiam fazer isso sempre porque a direção da escola não tardaria informar os pais sobre as faltas dos dois alunos. Enquanto isso, César se recuperava da surra. Planejou executar seu pai. Conseguiu uma arma com um dos cabeças da boca de fumo do morro do Pavão. Para pagar a arma roubou dinheiro do cofre do pai. O executou enquanto estava dormindo. Descarregou todos os tiros na cabeça do pai. Os miolos dele se espalharam na parede e na cama em cima da mãe dele, que de tão desesperada com o estampido surdo, acordou tão fora de si que começou a tentar juntar os miolos do marido e colocar de novo n cabeça dele. Ficou insana a partir daquela cena. César tinha apenas dezesseis anos. Foi o fim da família Moura.

SUSSUROS INGRATOS

Tentando manter a sanidade, finjo que não estou ouvindo. Há frases que me assustam. Na verdade, o que ouço são ideias, sugestões de ações (para colocar de forma branda, são instruções).

Tudo começa com um sussurro. É tão baixinho e tão sutil que nem dá para perceber de onde vem.

Geralmente quando fecho os olhos, buscando descansar um pouco. Essa voz surge do nada. Sem avisar. Há muito não consigo dormir.

Na escuridão vejo alguns pontos brilhantes e coloridos, mas a cor que se apresenta mais vibrante é um vermelho alaranjado. Esses pontos de luz são esparsos. Apresentam-se espalhados, como se fora um céu quase negro com brilho colorido só algumas partes dele. Conforme vou relaxando, a escuridão vai ficando mais intensa. Demora um pouco, mas consigo visualizar o vazio totalmente escuro e familiar que chamo de " paraíso sombrio". Sinto um ligeiro torpor, mas dificilmente consigo relaxar. Manter os olhos fechados por si já exige muito de mim. É difícil não pensar em nada. Sempre tive dificuldade para me concentrar. Depois de alguns minutos já sinto a vibração crescente de um som. É algo interno. Vem em ondas. É complicado explicar porque nem eu mesmo entendo. Como um sussurro, o som vai criando vida própria. Vai se expandindo do quase inaudível ao sonoro. De repente entendo a palavra que é emitida: " RITUAL". Não sei se a voz é minha. Não sei se é um homem ou uma mulher. Simplesmente não sei. Estou sentado na cama. Recostado em travesseiros. Não quero dormir. Geralmente tenho pesadelos. Quero apenas fugir de mim. Sair desse paraíso infernal.

Ainda é cedo. Sábado à noite. Percebo que a voz insiste e agora consigo decifrar o comando: Há muita maldade no mundo. Mulheres imorais, vagabundas, nojentas como cadela no cio. Sujas. Aqui na Lapa transitam pelas ruas escuras a procura de parceiros. São putas, putas, putas, putas, putaaaaaaaaas ..."

Vejo uma imagem de mulher surgindo em linhas coloridas vai se formando uma silhueta feminina em minha mente. A voz diz que é ela que tenho que procurar. Levanto da cama e vou até a cozinha pegar as tesouras e punhais que já estão separadas em uma valise no armário que fica embaixo da pia. Já tenho tudo organizado para praticar o ritual de purificação. Vou até o banheiro, onde fixei na porta de madeira o meu maior tesouro: meu instrumento de purificação: um enorme punhal que eu mesmo adaptei para praticar o ato sublime.

A voz explicou como adaptar aquele punhal com longa lâmina prateada e cabo de madeira às minhas necessidades. Sou magro, de estatura mediana. Um homem comum. Igual a todos os outros. Tão igual que ninguém me percebe.

Já exterminei sete putas até hoje. Nas três primeiras ainda não tinha o meu punhal, então o ritual não foi tão perfeito. No entanto, estou aprimorando a técnica. Adoro executar com perfeição o desmembramento das vagabundas. No começo esparramava muito sangue no banheiro do meu apartamento. Hoje já consigo cortar os membros sem sujar muito o chão do banheiro.

Sou quase um Deus. Ninguém percebe a falta dessas putas. A única função delas é reproduzir outras como elas. Por isso uso o meu punhal para atravessar o ventre delas. Logo abaixo do umbigo, introduzo a longa lâmina. O primeiro ato do ritual consiste em arrancar os mamilos. Guardo os pares.

São meus troféus. Depois atravesso o ventre delas lentamente com o punhal. Nesse momento costumo ejacular em profusão. Um prazer orgástico. Como se estivesse penetrando a vagabunda. Tenho todo tempo do mundo. Sempre estão amarradas e amordaçadas quando passa o efeito do tranquilizante, não podem gritar. A expressão de dor e pavor nos olhos delas me excita muito.

Por último faço uma incisão na carótida para degolar a cadela. Observo em transe o sangue se espalhar em volta da cabeça da vadia, como se fosse a pintura de um rosto, em um fundo vermelho escarlate. Tenho sempre o cuidado de prender o cabelo delas para não encharcar de sangue. Espero parar de sangrar para separar a cabeça do corpo. Já tenho os sacos plásticos de lixo, reforçados para guardar os membros cortados. Tenho muito cuidado em limpar o banheiro depois. Litros de cloro, desinfetantes, sabão, desodorizantes de ambiente e tudo mais que preciso para não deixar vestígios de sangue. Sempre limpo e lustro o meu punhal antes de colocar de volta fixado na porta. Cada ritual exige muito esforço de mim, mas o prazer e o orgulho que sinto de mim não me deixa sentir cansaço. Só depois de organizar os membros nos sacos consigo comer e dormir. Geralmente me livro dos corpos na terça feira. Jogo os sacos de lixo muito bem embalados no lixão da cidade. O lugar perfeito para essas escrota que não passam de lixo, assim como a vagabunda da minha mãe: a suprema mulher lixo!

Os sussurros começaram a surgir com mais frequência e em três anos e meio já tinha matado onze mulheres. Todas prostitutas. Era fácil atrair as piranhas para o um apartamento. Esperava saírem dos puteiros em que trabalhavam e ficava observando cada uma. A voz especificou um tipo de mulher com características definidas. Tinha que ser baixa e magra para que eu pudesse desmembrar com mais facilidade.

Um dia quando estava saindo de casa, um vizinho me falou que houve um problema com o fornecimento de água para os apartamentos. As caixas estavam esvaziando absurdamente rápido, como se houvesse algum tipo de vazamento. Informou que estava tentando fazer contato com a empresa CEDAE para verificar a causa do problema. O prédio ficava no Estácio, parecia abandonado. Tinha quatro andares e apenas um apartamento por andar. Não tinha elevador e havia bastante rotatividade de moradores, de forma que eu não conhecia ninguém. Achei até conveniente que houvesse esse problema de abastecimento de água porque só em último caso alguém iria morar em um local escuro, deserto e com tantos problemas estruturais.

Quando eu encontrava uma mulher que era vítima preferencial, a abordava na rua e dizia que queria fazer um programa completo, mas que ela teria que ir ao meu apartamento. Mandei fazer uns cartões com o meu endereço e entregava a elas porque sabia que sempre usavam o cartão para chegar ao endereço, então o recuperava sempre. No entanto, algumas prostitutas começaram a notar nas termas e bordéis o desaparecimento repentino de suas colegas, que simplesmente começaram a abandonar o emprego, sem aviso prévio. Algumas foram a delegacia para informar sobre o desaparecimento das mulheres, mas o delegado apenas começou a investigar quando em um mesmo local sumiram três prostitutas. O delegado colocou pôs um detetive para cuidar do caso. Ele interrogou os proprietários do estabelecimento e as funcionárias e descobriu que havia um homem que abordava as mulheres e entregava um cartão para elas. O detetive colocou policiais de plantão nos arredores de todas as termas do Rio, até que um dia quando eu estava abordando uma vadia, um policial se aproximou de mim de surpresa. Eu rasguei o cartão e coloquei na boca para engolir. Fui levado delegacia, mas os policiais não tinham nada que pudesse me manter lá. Perguntaram onde eu morava e me fizeram levá-los até o meu apartamento. Vasculharam tudo, até que quando chegaram ao banheiro acharam o meu punhal e levaram para ser examinado. Chamaram especialistas para procurar vestígios de sangue no banheiro. Eu estava calmo pois sabia que não achariam nada uma vez que sempre limpei o local com muito cuidado... No entanto, não contava que achariam respingos de sangue no teto do banheiro. Foi assim que fui preso e condenado a noventa e cinco anos de prisão.

FIM

9 798758 555040